"小小说美文馆"丛书

总 策 划 、总 主 审

杨晓敏　骆玉安

小小说美文馆

美文馆

打工路上

渐行渐远的村庄

主编◎马国兴 吕双喜

郑州大学出版社

图书在版编目(CIP)数据

打工路上:渐行渐远的村庄/马国兴,吕双喜主编. —郑州:
郑州大学出版社,2014.2(2023.3 重印)
(小小说美文馆)
ISBN 978-7-5645-1678-9

Ⅰ.①打…　Ⅱ.①马…②吕…　Ⅲ.①小小说-小说
集-中国-当代　Ⅳ.①I247.8

中国版本图书馆 CIP 数据核字(2013)第 310898 号

郑州大学出版社出版发行
郑州市大学路 40 号　　　　　　　邮政编码:450052
出版人:孙保营　　　　　　　　　发行部电话:0371-66658405
全国新华书店经销
三河市鑫鑫科达彩色印刷包装有限公司印制
开本:710 mm×1 010 mm　1/16
印张:13
字数:185 千字
版次:2014 年 2 月第 1 版　　　　印次:2023 年 3 月第 3 次印刷

书号:ISBN 978-7-5645-1678-9　　定价:42.00 元
本书如有印装质量问题,请向本社调换

编委名单

主　编　马国兴　吕双喜

编　委　（以姓氏笔画排序）

王彦艳　连俊超　李恩杰

李建新　牛桂玲　秦德龙

梁小萍　郑兢业　步文芳

费冬林　郜　毅

序

杨晓敏

　　书来到我们手上，就好像我们去了远方。

　　阅读的神妙之处，在于我们能够经由文字，在现实生活之外，构筑属于自己的精神生活。透过每篇文章，读者看到的不仅是故事与人物，也能读出作者的阅历，触摸一个人的心灵世界。就像恋爱，选择一本书也需要缘分，心性相投至关重要，阅读的过程中，你会发现他与自己的不同，而你非常喜欢，也会发现他与自己的相同，以致十分感动。阅读让我们超越了世俗意义上的羁绊，人生也渐渐丰厚起来。

　　在这个信息碎片化的网络时代，面对浩若烟海的读物，读者难免无所适从，而阅读选本无疑是一个不错的选择。从《诗经》到《唐诗三百首》再到《唐诗别裁》，从《昭明文选》到"三言二拍"再到《古文观止》，历代学者一直注重编辑诗文选本，千淘万漉，吹沙见金。鲁迅先生说过："凡选本，往往能比所选各家的全集更流行，更有作用。册数不多，而包罗诸作。"为承续前人的优秀传统，我们编选了"小小说美文馆"丛书。

　　当代中国，在生活节奏加快与高科技发展的影响下，传统的阅读与写作方式发生了深刻的变化，小小说应运而生，成为当下生活中的时尚性文体。小小说注重思想内涵的深刻和艺术品质的锻造，小中见大、纸短情长，在写作和阅读上从者甚众，无不加速文学（文化）的中产阶级的形成，不断被更大层面的受众吸纳和消化，春雨润物般地为社会进步提供着最活跃的大众智力资本的支持。由此可见，小小说的文化意义大于它的文学意义，教育意义大于它的文化意义，社会意义又大于它的教育意义。

　　因为小小说文体的简约通脱、雅俗共赏的特征，就决定了它是属于大众文化的范畴。我曾提出，小小说是平民艺术，那是指小小说是大多数人都能阅读（单纯通脱）、大多数人都能参与创作（贴近生活）、大多数人都能从中直

1

接受益(微言大义)的艺术形式。小小说作为一种文体创新,自有其相对规范的字数限定(一千五百字左右)、审美态势(质量精度)和结构特征(小说要素)等艺术规律上的界定。我提出的小小说是平民艺术,除了上述的三种功效和三个基本标准外,着重强调两层意思:一是指小小说应该是一种有较高品位的大众文化,能不断提升读者的审美情趣和认知能力;二是指它在文学造诣上有不可或缺的质量要求。

小小说贴近生活,具有易写易发的优势。因此,大量作品散见于全国数千种报刊中,作者也多来自民间,社会底层的生活使他们的创作左右逢源。一种文体的兴盛繁荣,需要有一批批脍炙人口的经典性作品奠基支撑,需要有一茬茬代表性的作家脱颖而出。所以,仅靠文学期刊,是无法垒砌高标准的巍巍文学大厦的。我们编选"小小说美文馆"丛书,是对人才资源和作品资源进行深加工,是新兴的小小说文体的集大成,意在进一步促进小小说文体自觉走向成熟,集中奉献出思想内容与艺术形式兼优的精品佳构,继而走进书店、走进主流读者的书柜并历久弥新,积淀成独特的文化景观,为小小说的阅读、研究和珍藏,起到推动促进的作用。

编选"小小说美文馆"丛书,我们选择作品的标准是思想内涵、艺术品位和智慧含量的综合体现。所谓思想内涵,是指作者赋予作品的"立意",它反映着作者提出(观察)问题的角度、深度和批判意识,深刻或者平庸,一眼可判高下。艺术品位,是指作品在塑造人物性格,设置故事情节,营造特定环境中,通过语言、文采、技巧的有效使用,所折射出来的创意、情怀和境界。而智慧含量,则属于精密判断后的"临门一脚",是简洁明晰的"临床一刀",解决问题的方法、手段和质量,见此一斑。

好书像一座灯塔,可以使我们在瞬息万变的社会不迷失自己的方向,并能在人生旅途中执着地守护心中的明灯。读书是一种积极的生活情趣,一个对未来的承诺。读书,可以使我们在人事已非的时候,自己的怀中还有一份让人感动的故事情节,静静地荡涤人世的风尘。当岁月像东去的逝水,不再有可供挥霍的青春,我们还有在书海中渐次沉淀和饱经洗练的智慧,当我们拈花微笑,于喧嚣红尘中自在地坐看云起的时候,不经意地挥一挥手,袖间,会有隐隐浮动的书香。

(杨晓敏,河南省作协副主席,郑州小小说文化传媒有限公司董事长、总编辑,《小小说选刊》《百花园》主编。)

目录

3

谁先看见村庄

黄建国

她们回来了。她们不久将会看见自己的村庄。几分钟以前,长途汽车"嘎"一声停下,她们从窗口扔下大包小包,匆匆挤出车门。汽车重新启动,拖着一股白烟,拐过沟岔不见了。一会儿,她们要跨过干涸的沟川,沿着对面那条蜿蜒的小径爬上去,然后,就能看到她们的村庄了。她们从南方赶回来过年,带着一大堆颜色鲜艳的包裹行李。

她们站在路边四下张望。才五点钟刚过,太阳就已经看不见了,只在东边的沟坡上残留一些余晖。沟川里静得很,雾气弥漫,既朦胧又透明,让人觉得恍若幻影神秘莫测。在将近两年的时间里,这村庄、沟川、羊肠小道,曾经那么执拗地、记不清有多少次在她们遥远的异乡的梦里出现过。

她们不急于爬沟。她们需要平息一下心情,定一定神。再说,她们后头还要进行一场比赛,看谁先爬上沟坡,第一个看见村庄。这是她们的约定。

现在,她们走到了沟川的西边,抬头打量那条像被野风吹得弯弯曲曲的灰布带一样的路。就是它,那么亲切地通向坡顶,通向她们的村庄。

"我不知道为啥一点儿也不激动,"她们中的一个说,"我想,我们应该是激动的呀! 你说这是为啥呀,二亚?"

二亚说:"你鬼迷心窍! 我的心扑通扑通乱跳哩。你想想,为了省路费,咱们去年就没有回来,快两年了啊! 我不知道我一走进家门会是啥情景,先叫爷还是先叫妈?"

不叫二亚的姑娘没有应声。她感到领口和袖口那儿有些冷。刚下车的时候,凉风扑面,怪舒服的;现在,这风突然间又凶又硬,冷飕飕的。内衣好像还沾了汗,贴在身上,风灌进来,说不出的难受。她左右拧一拧身子,把脖子往下缩了一大截。

"你看你,"二亚说,"到家门口了反倒没个形了。"

"我冷。"她说。

二亚也感到了冷。她伸出手去试一试风。她把双手举到面前,翻看自己的手心手背,然后往手心里呵了一口气儿。

"我不想看见我妈的手裂的口子,"二亚说,"我妈每年冬天两只手都裂成了锯齿,她整天痛得吸溜吸溜的。"

不叫二亚的姑娘也张开自己的手指看。

"我想哭。"二亚说。她佯装成哭的样子,啊呜了一声,但她马上又嘲笑自己说:"我这是干吗呀? 神经兮兮的。"这时候她担心起另外一些问题来:"咱们寄的钱,家里会不会没收到?"

"不会,"不叫二亚的姑娘说,"咱们回去后翻开本子一笔一笔查对。"

"会不会有人认为咱们不干净?"

"你真能瞎操心。谁干净不干净在脸上会写着字?"

"众人口里有毒哩,硬把白的能说成黑的。"

不叫二亚的姑娘有些不耐烦,她哼了一句歌词作为回答:"白天不懂夜的黑。"然后她说:"我要唱歌。"接着她扭动屁股,怪声怪调地唱起来:"回到拉萨,回到了布达拉……"

"我也唱,"二亚说,"唱完咱们爬坡。"她看见太阳在东沟坡顶上只剩一点儿蜡烛光的颜色了。

"常回家看看,回家看看……"

她们唱着歌。她们的歌声一高一低,在沟川里被凌厉的风撕扯得七零八落,实在不成个什么调子。

"呀，"二亚突然住了声说，"我们的脸！"

不叫二亚的姑娘愣着。

二亚顿了一下脚："我是说咱们嘴唇上的口红，还有描的眼影！"

不叫二亚的姑娘说："你多漂亮啊！"

二亚说："我给你说正经的呢！我这个样子怕我妈认不出我来，说我是个妖怪。"

不叫二亚的姑娘哑了声。她看着二亚。她们互相看着。她们以前没想到这会是个问题。她们每天都要化化妆的，包括在拥挤的火车上和颠簸的汽车上。

"一定得擦掉。"二亚说。

她们开始找纸巾。但翻遍了身上所有的口袋和小包，也没有找出一片软一点儿的纸。她们带的纸巾一路上大手大脚地用光了。她们甚至用纸巾擦拭火车的茶几和汽车的窗玻璃，还擦了几次皮鞋，唯独没想到最后会用它来清除嘴上的口红。她们低头四处探望，希望能看见一汪水。但是，没有。沟川是干的。她们盯住自己的衣服，可她们舍不得橘黄色和天蓝色的外套染上不同颜色的斑迹。她们快要恨死自己了。

"我说，咱们吃了它。"

她们用唾沫把嘴润湿，拿牙齿啃上唇，再啃下唇，让舌头转一圈儿，又转一圈儿。她们把唾沫吞下去，又"呸呸"吐出来，沾在手指上擦拭眼影。

不叫二亚的姑娘说："呀，咱们的口红不高档，吃下去怕有毒。"

"不管它，"二亚说，"这个不重要，毒不死人。"

她们擦啊，抹啊，脸上已麻麻的，只是不知道此时自己脸的样子。她们互相看也看不清，因为太阳早已经熄灭了。她们想着这么一弄她们的脸就很本色了呢。

"呀！天都黑了，"她们说，"咱们快爬吧，看谁先看见村庄。"

黑夜像汹涌的黑水淹没了她们。

人　样

段晓东

出来打工的时候，大宝就对村里人说，不混出个人样，决不回来。

大宝当时是拍着胸脯说的，雄赳赳气昂昂。

头一年，大宝没有混出人样来。刚来嘛，也很正常，除非自己是社会不可或缺的顶级人才。自己有什么呢？无非就是有一点敢闯敢碰的勇气。初来乍到，立足未稳，大宝除了和别人一样去出卖自己的力气，没有什么收获。所以当一同出来打工的村里人问大宝回不回家的时候，大宝说："你们真没出息，刚出来没几天，就想回去。要回你们回，我不回去。"

大宝在等他的诺言实现，大宝要混出个人样来。大宝在心里想："只有混出人样来，我大宝才会回去。"

又一年结束了，城市里灯红酒绿，大宝在工地爬上爬下，一身泥一身灰。村里人邀大宝回家过节，大宝说不回。

大宝在心里憋着一股劲儿，这股劲儿支撑着大宝异于常人的坚强。大宝不是不想家，大宝也想家，想他的妈妈。可一想起自己当年的誓言，大宝就不想回家了。回家干什么呢？去告诉大家我没有混出个人样来吗？

转眼第三年过去了，城市里照旧灯红酒绿，大宝依然在工地爬上爬下，一身泥一身灰。村里人邀大宝回家过节，大宝还是不回。大宝有些沮丧。就在大宝沮丧的时候，一个偶然的机会来了。这个机会让大宝加入了一个组织,组织让大宝彻底改头换面。当返城的村里人再看到大宝的时候,眼睛都瞪得圆圆的,流露出压抑不住的羡慕。不用多说,大宝从他们夸张的表情里找到了自己,找到了混成了人样的大宝。

大宝有些满足了。

大宝穿着崭新的西装,感到自己混出个人样来了。

大宝在准备着回家了,虽然现在离过节还很早,但这与回家没有关系。大宝的回家标准是混出个人样。什么时候混出人样来了,什么时候回家。既然现在的大宝有模有样了,就应该回家看看了。

何况古人也说,富贵不还乡,如锦衣夜行。

此时不回,更待何时?

一想到回家,大宝立马赶到了火车站。一到火车站,大宝不顾别人的责骂冲到了队伍的最前边,买上了回家的车票。一拿到车票,大宝迫不及待地跑到了候车室。一到候车室,大宝便回不了家了。因为候车室里有两个警察,他们把刚刚混出人样的大宝带走了。

大宝加入的那个组织,不叫组织,是个团伙,盗窃团伙。好在大宝加入的时间不长,在里边也仅仅是望望风的小角色。大宝被判了两年。村里人有去看他的,大宝一律不见。大宝没脸见人,大宝觉得自己不仅没混出个人样,反而离人样更远了。

这一年,大宝出来了。出来后的大宝继续在工地干活儿,爬上爬下的,一身泥一身灰。大宝变得很少说话,有时三两天也听不到他说一句话。这种日子过得也真快,眨眼就到了年关,又到了回家的时候。工头却突然不见了。工头不见了,就没地方要工资。没有工资,大家就没脸回家。找了几天,工头还是躲着不出来。人心躁动起来,有人说咱要不也学学电视里那自杀讨薪的,吓唬吓唬他。可是谁去表演?"我去。"大宝说。人们一阵惊讶,这才想起大宝还会说话。

大宝爬上了楼顶。

民工们站在楼下围了一圈。楼很高,人很小。任凭民工们呐喊声震天,工头一方愣是没有一个人出来。他们在看,在看这场闹剧怎么收场。从早上僵持到下午,依然没有动静。

大宝开始向前走。

人群惊呼起来,大宝依然没有停留。他已经走到了楼顶的边缘,只要再向前边上一步,后果将不堪设想。这时,人们看到大宝又做了一个大胆的动作。他抬起一只脚,踏向空中。人群再次发出惊呼。大宝停了一下,让脚在半空中悬空着。然后他向一只突然中了枪的鸟一样一头栽了下来。

民工们将大宝送回了家,他们抬着大宝,吹吹打打,引来全村人围观。

大宝的母亲哭泣:"我的儿子回来了,风风光光的,我的儿子混出了人样!"

老院公

孙春平

去年开春的时候,陈老泽和老伴儿又为房顶是揭去重铺还是再压点油粘纸的事发愁了。突听大黄狗汪汪叫,便迎了出去。院门外,乡长已陪着一位城里人下了小车。

乡长介绍客人,陈老泽只记住了是什么集团公司的刘总。刘总掏烟递上来,还叫了声大叔。陈老泽把烟推回去,说:"别,山里人显老,就是论弟兄,咱俩还不一定谁大呢。"刘总不尴不尬地笑了两声,站在院心四下张望。乡长说:"刘总相中了你家依山傍水的环境,有心连房带院一勺买下来。"老伴转身抓小铲,去清除刚落下的鸡屎,说:"卖? 卖完住狗窝?"乡长说:"老两口好好掂量掂量,想通了给我打电话。"

半月后,乡长陪刘总又来了,是接了陈老泽电话来的。陈老泽说:"我儿子大学毕业了,在城里又要娶媳妇又要买房子,家里这些年真让这犊子刮得没剩啥了。刘总真要诚心买,那就二十万,不讲价。"这是老两口斗胆开出的价钱。刘总哈哈笑,说:"买卖嘛,价钱上总还是要讲一讲。我这就给你还个价,二十五万。"陈老泽和老伴儿大吃一惊,你望我,我望你,都傻了。乡长说:"看看,刘总敞亮吧,人家大老板,这才叫'不差钱'。"陈老泽吭哧着,又说:"我们老两口还有个想法,要是刘总不答应,我们还是……不敢卖。我寻思吧,这房子刘总买下后,肯定要扒了重盖,也肯定不会成年累月住在这里。

刘总要是从城里另带了人来侍候这院子,我就啥也不说了。可要是想在村里另雇人,不知能不能……把我排头里?"乡长对陈老泽的请求不敢表态,眼巴巴地望着刘总。刘总这回没有笑,而是很认真地说:"老哥的这个想法很实在,也长远。其实,上次我相中这院子,除了风水,还相中的就是你们老两口的勤快适致。这院子和房子,虽说有些年头了,可收拾得整洁呀,连柴垛都码放得刀切一样整齐。那就这样,盖房子时,我专门设计出一个房间给你们老两口住。冬天嘛,我基本不来。从春到秋,我也是隔三岔五才来清静清静。所以,这院子就交给你了,包括这青菜园子,你给我多种上几样,一定要保证纯绿色无污染。大嫂嘛,帮我擦擦扫扫,做做饭菜。我不稀罕煎炒烹炸,只要正宗的农家饭菜。报酬嘛,一人一月一千元,日后钱毛了,咱们再议。这中吧?"陈老泽惊喜得不住搓巴掌,连连点头说:"那咋不中? 不给钱都中。"乡长问:"给我的任务是啥?"刘总说:"产权的事自然交给你,盖房修院子的事也交给你,但记住,我只要农家院,不要别墅。想住别墅,我有现成的,不用跑山里来。"

只要钱到位,时下建房的进度不用愁。桃花开的时候,五间高大亮堂的砖瓦房已经赫然而立,四周还围上了雕花铁艺栅栏。陈老泽趁着农时,在庭院里种满了各种菜蔬,还在院子四角栽上了桃树梨树。迎着大门留出了甬道,足够停小轿车,上面搭了棚架,栽了葡萄和葫芦,夏日里自会有荫凉。且等时日吧,这里将是新农家的典范。

刘总践行前言,入夏以后,果然是十天半月才来一次,或三五友人,或老婆孩子。有时也只带一个女人,都年轻,也都漂亮。老两口在这事上识趣,人家不介绍便不多嘴。人来之前,刘总都会打来电话,陈老泽便事先去村里买来溜达鸡,青菜则都是自家菜园的。刘总在花钱的事上表现得很是"不差钱",陈老泽也表现得相当自觉,抽空便将账本呈过去。可刘总则说声"你办事我放心"就拉倒了,根本不看。陈老泽从刘总和客人嘴里听到最多的词语是"原生态"和"大氧吧",他不知道那是两宗什么东西,竟如此金贵。

更多的时候,院子里仍只住老两口。老两口住的是耳房,只比正房矮上那么一截。数九时,陈老泽说:"反正他们也不来,要不,咱俩就住到正房去?"老伴儿撇嘴说:"愿去你去,我不去。其实,正不正房的又差在哪儿? 咱人在哪儿,哪儿就是正房。"陈老泽低头想想,这话说得竟有读书人的味道。吃的呢,冰箱里总是满满的,过期扔掉的比吃掉的还要多。这富人的日子,让人不敢想。有次老伴儿问:"咱们这么过,算什么?"陈老泽说:"看过古装电视剧吧? 院公,我就是老院公。"

　　一年过去,又是开春,村里的老年人又好聚堆儿晒墙根了。有人问:"陈老泽,你不过才五十出头,就把自己弄得家无片瓦了,你这过得可算什么日子?"陈老泽沉吟好一阵才说:"你们要是把有钱人看成是我儿子,就什么都想开了。"众人沉默了一阵,纷纷点头:"说得也是,儿子兴许还孝顺不到这个份儿上呢。"

蒲公英的歌唱

曾 颖

教育局来信了。

老周拿着那个印着火红大字的牛皮纸信封，如拿着一颗不知道该怎么拆卸的炸弹。作为一所外来民工子弟学校的校长，他从来没有遇到过如此隆重的事情。此前，教育局要找他，都是一个电话，内容大多是让他协助调查邻校的打架事件或卖花团伙招未成年人上街行骗等事情，或者是严斥他那只有半个篮球场的校园体育设施不达标……

他硬着头皮打开信封，以最坏的打算读完那封短短的信。信上说："六一儿童节将至，请贵校组织节目，参加区里的文艺调演。"

犹如大牢里的死刑犯，原以为接到的是执行判决通知，结果居然是无罪释放，他差点儿没跳起来。他把信反复读了几遍，确信不是自己眼花了，兴奋的眼泪终于夺眶而出。

一份演出通知，犯得着如此激动吗？然而，如果你知道老周和他的学校几年来的遭遇，就一点儿也不奇怪了。这些年，由于办学场地不能达标，他的学校始终没有得到教育部门的认可。为了让学校里的孩子们感觉与城里学校的孩子们一样，他每年也评三好学生，每年也搞统考，只不过统考的考卷是把城里孩子们上一年的考卷涂改复印后使用，是很山寨的统考而已。如今，手上这份通知是千真万确的，是教育部门对他的承认，这是他多年盼望却一直没有得到的。

他当即召集老师们开会，把这个天大的好消息告诉大家。大伙儿听了，也高兴了一阵。光高兴没用，当务之急，是得想出个好的节目，才不辜负上级。

盘点各班的文艺骨干是件寒碜的事。与城里孩子从幼儿园时期就开始学钢琴跳舞唱歌不一样，老周的学生自幼跟外出打工或做生意的父母出来，除了学会各种方言之外，便是像电视里的"超女"们那样扭捏着唱歌。要想从这三百多个孩子中选出几个人，不丢脸地拿到全区其他学校精心编排的节目前，确实是件天大的难事。但如果就此放弃，那么，好不容易得到的被认可的机会，就这样白白浪费掉，其后果可能就是再也得不到这种机会。这无论如何都不是老周愿意看到的。他决意不放弃。

当务之急，是去找老师。他进城到艺术馆，想去请那里的老师们帮忙。老师们都很忙，一听说他连三百元一小时的课时费都交不起，而且还要坐两路公交再转三轮儿才能到达他的学校，都果断地拒绝了他。整整一天，他得到的结果都一样，不同的只是拒绝前有人听他说完而有人只听他说了一半或更少。

晚上，错过末班车的老周走在雨后的大街上，心里充满绝望。就在他不知道该向谁诉说委屈的时候，从远处桥洞下传来一阵凄凉的吉他声。那声音如泣如诉，令他忍不住走了过去。琴声起处，一个"犀利哥"样的长发男人蹲在桥墩旁，脚边乱七八糟地躺着一堆酒瓶。

他小心地走过去。那人也只当他是一阵风，没有理会，继续弹着吉他并唱着歌。那歌是老周之前从没听过的，讲的是一个失去女儿的父亲在大地上流浪，却再也找不到那个可爱的小天使。老周也是一个女儿的爸爸，听他唱着唱着，不觉已是泪流满面。

因着这几滴泪，他们接上话来，并聊了起来。聊累了唱，唱累了喝酒、抽烟，喝足了继续聊。两个男人像一对受伤的动物般彼此舔着伤口，到天明时，老周已大体明白对方是个音乐家，因为女儿得了脑癌不治身亡而痛不欲生,四处漂泊想挣脱痛苦。而且,老周还知道并坚信,这是天可怜他,给他送来了排练节目的老师。

他扛着老天送来的老师回到学校。等了一整天,老师才醒,虽然说话依旧有些颠三倒四,但大致能明白老周的请求,于是爽快地答应了。

老师的衣着不正常,言语举止不正常,但一触碰到音乐就正常了,甚至可以说是才华横溢。在和老周几夜的酩酊大醉之后,他写出了一首歌曲,歌词大意是讲一个不知道父母是谁的蒲公英在星空下寻找人生的答案,并且发出为什么只有美丽的鲜花才有明天的感叹。但最终,蒲公英看到普照的阳光,并寻找到生命的意义。它落地生根,长成一株美丽的蒲公英。

老周很喜欢这首歌,曲调很美,意境与学校孩子们的心境相契合。蒲公英的困惑,也是他们的困惑。最令他喜欢的是结局,也是他希望他的学生们都能得到的历尽艰难最终迎来光明的结局。

没有伴奏,音乐家为他们设计了无伴奏童声合唱。经过几天的排练,杂乱无章的声音,便被天籁般流畅和谐的演唱所代替。仓库改造的学校,有史以来第一次传出了悠扬的歌声。

为了配得起这歌声,老周决定花血本为孩子们订制一套城里孩子们穿的校服。浅蓝的裙子白色的衬衣,把小家伙们包装得鲜亮整齐。为此,他推迟了给老师们发工资,但老师们并没像以往那样不高兴,纷纷说,这事,值得支持。

演出那天,一个家长开着他的金杯车把孩子们送到演出的剧场门口。音乐家也破天荒理了发,换了身干净的衣服,帅气地坐在副驾驶座上。看着二十几天的辛苦终于结出了果实,老周脸红红的,眼亮亮的,微笑着,一语不发。

当老周带着他的队伍走进剧场去签到时,负责签到的张科长很困惑地问:"你们怎么来了?"

"我们收到通知来的。"老周既兴奋又有些惴惴不安地递上通知。

科长像检验钞票真伪一般仔细看了一遍,然后一拍脑门说:"发错了。这是谁干的? 明明是通知你们关闭学校,限期把学生转移到别的学校,怎么装成文艺调演通知了？这不是乱弹琴吗?"

老周像被太阳晒过的泡泡糖,软软地飘了回去。他不知道该怎么向孩子们解释这次不知是自己还是别人犯的错误,他觉得这比让他关闭办了多年但终于还是没修成正果的学校更让他难过。

远处飘来一阵蒲公英的吟唱,那是他的孩子们在做最后一次练习。周围路过的人们都感叹:"这歌真好听啊!"

在这里不要叫我妈妈

曾 颖

这个关于母爱的故事，是一个保安小兄弟讲的——

我是到省城帝豪小区当保安的第三天认识阿兰的。准确地说，应该是她主动来和我搭讪并请我吃苹果的。这是我在这座富人住的小区中受到的最高礼遇。这里的住户，通常是车进车出，而保姆们，则因为忙或别的什么原因，不怎么搭理人。

从相貌和装束上看，阿兰也是保姆，但也许是来城里很久了，她的举止言谈和衣着，并不像其他小保姆那样。她总是穿着一件洁白干净的上衣，套一双价格低廉但样式还算好看的皮鞋，浑身上下，散发出一股淡淡的香气。

她每次出现，都带着一个小男孩。小家伙白白胖胖，一脸营养过剩的样子。他穿的永远是最新最时尚的衣裤。

我的工作，是看护小区的花园。花园占地几十亩，是小区的配套工程，里面有健身跑道、游泳池、网球场，还有儿童游艺设施。我主要负责看门。这里是中心城区内少有的一片绿地，周围几平方公里仅有的几十棵老树全在里面。

每天下午六七点，阿兰就会带着小胖胖来公园。阿兰总是穿一件洁白干净的上衣，而小胖胖，则像一个小精灵，身上的衣物和手中的玩具一天一个花样。

小胖胖一来,就和孩子们一起去滑滑板车或做游戏。阿兰就站在一旁,远远地看着孩子,像看一幕精彩的电影,随着他的表现而变换着表情。

我问阿兰:"你的工资一定很高吧?看把孩子带得多好!"

阿兰总是含笑不答。

几个月时间很快就过去了,我和阿兰也混成了熟人,小胖胖每次见我,隔很远就会喊叔叔。

有一天,保安队长对我说:"最近有业主反映,外面时不时有非业主混入花园,极有可能是保险公司的业务员或小偷团伙的卧底。一定要提高警惕,将这些不安全因素清除出去。"

之后,我睁大眼睛努力寻找队长所说的可疑人物,但几天下来,一无所获。

有一天,一个中年妇女来向我举报,说有个女人,老是带个娃娃来和她孙子套近乎。她在小区里没见过这女人,她怀疑那女人动机不纯。

她指的女人是阿兰。

这是我不愿认可的事情,但为了不让那女人向队长投诉,我决定悄悄查一查。

这天夜里,我换上便衣,跟在从花园里出来的阿兰身后,远远听见孩子叫阿兰"妈妈"。阿兰赶紧制止他,说:"小声点,我给你说过多少遍了,在这里不要叫我妈妈,要是被别人听到了,你就不能来这儿玩了。"

我悄悄跟着他们,左拐右拐走了几里路,来到一处城中村。这里是外来人口聚居地,我刚进城的时候,也住过类似的地方。我跟着他们,从狭窄而杂乱的巷里穿过,突然觉得前方夜色中一大一小两个身影,与周遭的环境是那么不协调,像两朵花落入垃圾桶。

在一处小杂货店,他们停下,店里一位年龄明显比阿兰大的男人没好气地说:"又跑哪儿去了?你不嫌折腾?这孩子每月折腾的钱,够我们吃半年了!"

阿兰进店,很快换了件蓝布衫,端着一个盛满碗的大锅,蹲在街边,一面

洗一面说:"折腾? 你忍心让娃娃像咱这样混一辈子? 我就是要让孩子去好一点的环境和素质高的孩子玩! 总不能让他跟咱们周围这些野孩子去交流怎么捡垃圾刨沙土吧? 我不能给他好的生活环境,但我一定要让他知道什么是好,什么是坏!"

我没有把所看到的情况向队长汇报,每天仍努力以平静的神态,继续和阿兰母子打着招呼。我的耳朵里,冷不丁会回响起那声让人心碎的声音:在这里不要叫我妈妈!

农 事

袁省梅

二孬最终还是被媳妇撵着出去打工了。

二孬说:"我都五十多的人了,要苦下不了苦,要手艺没手艺,你叫我出去干啥?"

媳妇说:"跟着工程队,筛灰拉沙你干不了?递砖搬瓦你干不了?手里没个活钱,日子咋过哩?"

二孬说:"还有那几亩地哩,你一人能忙过来?为挣那点钱,把地撂荒了,值吗?"

媳妇说:"收秋种麦有机器哩,锄草有除草剂,犁地有旋耕机,你担心啥哩?你没看人家打工把日子过得流油哩?"

二孬说:"那在门口找个活儿,挣多挣少的,能把地管了。"

媳妇嗵地把铺盖卷杵在二孬怀里,恼恼地说:"门口人都熟头熟脑的,工钱能要下了?"

二孬只好去了城里的工程队。

二孬出去了,心却在他那三亩水浇地四亩滩地上,逮着空闲就往家跑,说要看看地去。工地的人都笑他,说他是怕媳妇的地旱了,回去浇媳妇的地去了。到家媳妇却不给他好脸色看,嫌他不好好挣钱还老回来,回来还要搭上十几块路费。二孬生气,不跑了,可还是惦记着那几亩地,过几天就要给媳妇打电话问地里的庄稼。

该浇地了，吩咐媳妇不要舍不得花钱，天旱，要浇透。

该拔草了，叮嘱媳妇不要用除草剂，是药三分毒哩。

该施肥了，二孬问媳妇一人能行吗，要不他回去。媳妇就说："你回来吧，昨个儿媒人来了，儿媳妇要买电动车哩，咱爸前几天又输液了，你回来把钱都带回来。"一听媳妇要钱，二孬的头就大了，就没话说了，咽口唾沫，又一晃一晃地去了工地，心底却一阵阵地刺挠。

夜里，二孬躺在地铺上，耳边如雷的鼾声此起彼伏，窗上却是一片清寂的月光。他抽抽鼻子，工棚潮湿中夹着的土腥味，像极了雨后田野里的味道。二孬心说，若是秋，庄稼密密匝匝，黑湿的土味里还会有玉米的青涩味、野草的清香味、柿子的甜味和苹果的香味……

二孬又想起地里的庄稼了，摸黑掏摸出手机，就给媳妇打电话。半天，听不见媳妇说话，他一急，高了嗓门："麦子咋样了？昨个的风麦子有影响吗？有卧倒的没？"

"疯了啊你？这半夜三更地打电话就说个这？日头明儿个不出来咧？"嘟嘟嘟，那边电话虽然挂了，但媳妇怒吼吼的骂声，就是在手机里，也因了夜的寂静，嗒嗒地在工棚炸响了。

吵醒的人骂二孬："你神经病啊？半夜三更地打电话，还让人睡不？不舍得媳妇，回去啊。"

没问出麦子情况，还挨了媳妇的骂，二孬的心里正烦恼着，听到有人骂他，也捡起话骂了起来。

工棚的人都醒了，都在骂他。

第二天，二孬筛着沙，心里却在掐算着日子。掐来算去，快到芒种了，要收麦子了，手上的铁锹不由停了下来，抬眼望着天，竟然望出了漫天的麦子，黄灿灿，密匝匝，饱满的麦穗个个摇头晃脑，好像在唤他：熟了熟了，熟了熟了。

"筛沙哩，想球啥哩?"一声喝骂在二孬耳边炸响，唾沫花儿就喷了他半脸。

"筛着呢筛着呢。"他急忙铲沙，哗，撒到筛子上。

"那边等着要用哩，一上午了，你就筛这么多？不想干了就滚球蛋嘛，想干的人多哩。"很大的骂声，狠狠的。

工地上的人都看他。

"不干就不干了，你以为我稀罕这活儿？我还有我那几亩地哩。"他真想这么说，然后，扔下铁锹，卷了铺盖，回去种他的地去。地里的活儿，犁耧耙磨，种麦收秋，他哪样不干得让人服气？经他手拾掇的地，比那土炕还要平整，还要光溜。麦子收了，他又给水地种上玉米，地头点上几棵南瓜，黄皮的老南瓜一年能收两麻袋，一冬天都不用买菜。地边再种点芝麻、萝卜……那几亩滩地就种上红薯。沙滩的红薯好吃，干、面、甜，一拉到集市上，人就抢着买。沙地的西瓜也好吃，刀一按到瓜上，嘭地就开了。吃一口，嘀，甜得跟放了糖精一样。真的是人勤地不懒，种啥能收啥啊那几亩地。

可是，他没说话，一句话也没说，黑着眉眼，手里的铁锹却分明舞弄得快了。

他知道他不能回去，地里东西卖的钱不够老爸的医药费、儿媳妇的电动车钱。

麦子快要收割了，该多到地里看看。麦熟一晌哩，别耽搁了收成，一季庄稼一年的口粮啊。他还是放不下他的地，寻思着地里的麦子，又想给媳妇打电话了。

清 明

袁省梅

牛子正要把一朵硕大的纸花往竹圈上系时,手机响了,爸打来的。爸催牛子赶紧借钱,说不能再闪过这宗婚事了,咋说也要在明天把彩礼钱凑够。听不到牛子说话,爸又说:"要不我再去卖一次血? 五千八,不是个小数。"

"那哪行? 你不要命了?"牛子说,"别急,我想法子。"挂了电话,牛子脸上生出的暗灰,一层一层云雾般叠加,满墙满地粉红艳紫的纸花也照不亮牛子的脸。

牛子在城里一家纸扎店打工。一个小伙子找这么个活儿干,牛子也是没法子。拉着个坏腿,能干得了什么呢? 好在牛子能写会画,纸扎店老板留下了他,给他的工资也比其他几个小工多一点。再多也凑不够彩礼钱,朋友亲戚借了一圈,还差五千八。牛子咬着嘴唇,甩着左腿,把纸花扎紧。

老板来了,看见牛子扎纸花就嚷嚷:"扔下扔下,赶紧画画,明天人家要拉哩。"

牛子甩着腿抱来"别墅",张嘴要说"明天天黑也画不完,好几个大件哩。"老板却对着他的耳朵悄悄地说:"加班画,牛子,这是宗大买卖,好好画,交工了给你加班费。"

"加班费?"牛子瞪着老板,"有五千八吗?"

"你抢劫啊?"老板捶了牛子一拳,嘎嘎笑,"好好画,不亏你。"

牛子心说："只要经我手画的，就是一片叶子几棵小草，也都是认真画上去的。"牛子是把他八年学画的手艺都用在了这些纸扎上了，他是把这些纸扎当作他的作品去描绘书写的。虽然这些纸扎经人拉去，到灵前到坟地，也只是一晃眼的工夫，就被点化了，就化成了铁黑的灰屑，风一吹，连那灰屑也没了影子。可是，明显地，自牛子来后，纸扎店的生意比以往要红火许多。人都说他们的纸扎比别人的好看，眉眉眼眼看上去灵秀，张口就是订全套。

老板要走时，又说："这套纸扎全靠你哩，牛子。"

牛子调和着颜料，说："对我你还不放心？别管了，我加班干。"

牛子把"别墅"放在桌子上，画上红漆大门、廊檐木柱、房顶的青瓦兽脊、房前的雀儿蝶儿，一会儿红绿一会儿麻灰，一笔一笔毫不含糊。画完了，牛子站近了看一会儿，离远又看一会儿，抓握起笔，给墙脚下添画了一丛美人蕉。火红硕大的花朵，宽厚油旺的叶子，恣意又生动，使整个别墅一下子有了人间烟火的气息。

画完别墅，牛子揉捏着手腕，想歇歇时，老板来了，递给他一个肉夹饼，催他吃完赶紧画，不敢耽搁了，说这宗活儿完了，好好歇。

牛子吃着肉夹饼，不由又想起了那个五千八的彩礼，看着满地的纸扎，想自己若像那个马良该多好，神笔一挥，唰唰唰，五千八算个屁！哎，牛子叹息，快三十了，还没娶上媳妇。一个跛子，谁愿意跟呢？这次要不答应了彩礼，是不是又要黄了？

牛子拎过来一个纸盒子，涂涂画画，纸盒子上有了亭台楼阁、小桥流水……半晚上过去后，纸盒子变成了"花园"。

老板给牛子送来火腿和方便面，叫吃了再干，说他顶不住了，得睡去。

牛子看着满屋子摆的纸扎，金童玉女、金斗银山、别墅花园……想这人活着不一样，死了也不能一样，一般人家都是买三两件，有的连一件也不舍得买，只烧些纸钱。这家给谁烧这么多东西？五千八的彩礼，要搁在这家该不成问题吧？牛子没来由地胡乱想着，用手揉搓着左腿，一声叹息在黑深的夜里如那些纸花般单薄、无力。

天亮时,牛子跟前一大堆纸扎终于画好了。牛子歪在凳子上休息时,爸又打来电话,问他到底能找到钱不,说是媒人一早又来催了。牛子心烦地想说这大清早的到哪儿找钱去? 抢银行门也还没开哩,张嘴却要爸别着急,说等一会儿交了活儿,跟老板借。

拉纸扎的车来了,三辆面包车也没装下,又装了两辆皮卡。

买纸扎的夹着黑包,对老板说:"不愧人家说你是纸扎王,活儿做得就是好。今天忙,改天请你喝酒。"扔下一沓钱,走了。

"五千八,"老板数着钱,呵呵笑,"五千八啊,牛子,给娃配个阴婚,光纸扎就花五千八啊牛子,还摆酒席哩,还请锣鼓管乐哩,还唱戏放炮哩。"

老板还在叨咕着什么,牛子都听不分明了,牛子觉得耳边轰隆隆乱响。

老板啪啪摔着钱,嘎嘎笑:"一套纸扎五千八啊,给他娃配个阴婚花五千八买纸扎烧,花五千八买纸扎烧。"

牛子木木呆呆的,看着老板手上的五千八,眼前一片混沌,浑身软得要倒下去。

毛 驴

王 往

毛驴是有情有义的家畜。

几百年前，苏北这地方，历经战乱，人烟稀少，一位叫朱元璋的皇帝把江南吴越地区的人赶到江北，让他们开荒种地。他们就用毛驴拉着老老少少，一路哭哭啼啼来了。初来苏北，他们买不起牛，也养不起牛。牛的食量比驴子大得多，他们就用驴子耕地、拉车、拉磨。驴子力气不如牛，他们就用两头或三头、四头驴子并在一起。吴越地区的人不习惯用马，出门时也骑驴子，他们说骑马时间长了会形成罗圈儿腿，驴子的腰身细，就没有这个担忧了。穷人家的女儿出嫁，雇不起轿子，也是骑着毛驴跟着夫君上路呢。他们给毛驴的脑门上戴上红花，尾巴上系上红布，再往背上披一块绸缎，像打扮新娘一样打扮驴子。在鼓乐声中，毛驴就"嘚嘚"地上路了……

它的蹄声是平原上的音乐。

毛驴还曾经为苏北人驮来《圣经》。民国初年，外国传教士从城里到乡下也是骑着毛驴。那个时候苏北人穷得建不起一座教堂，传教士就在村里任意找一棵树，拴好毛驴，开始布道。传教士对那些衣衫破烂、一身灰土的村民说，没有教堂不要紧，一颗博爱的心灵就是一座教堂。

…………

絮妹没有出去打工时，常常牵着毛驴去河坡上吃草。毛驴吃草的时候，絮妹就割草。絮妹要把这些草背回家晒干，一部分留着毛驴冬天和早春时作口粮，一部分卖给人家。毛驴一口一口吃着草，絮妹一刀一刀割着草，草汁在毛驴的牙齿上和絮妹的镰刀上滴着，清香弥漫，让毛驴不时地打一个响鼻。毛驴吃饱了，就在河坡上随便逛逛。逛着逛着，毛驴就兴奋起来，走到河堤上，撒开蹄子来回飞奔，惊起一团团的蝴蝶，绕着毛驴飞舞。如果絮妹的草已割满一筐，毛驴还没吃饱，絮妹也会等毛驴。絮妹不去河堤上跑，她还站在河坡上，握着镰刀，轻声地唱歌。絮妹最喜欢唱的是那首《快乐老家》：

跟我走吧

天亮就出发

梦已经醒来

心不会害怕

有一个地方

那是快乐老家……

后来，絮妹外出打工了。她的父亲杨老洼一收到汇款单，总是立刻骑了自行车去取钱，取回钱就大摇大摆地上了牌桌。

两三年后的一天，絮妹回到了老家。一回来，就到驴棚跟前看毛驴了。絮妹轻轻拍着毛驴的脑袋说："小毛驴，我回来啦！"毛驴还认得她，兴奋地蹦跳起来。

村里人听说絮妹回来了，就有人来问她外面的情况。絮妹说，她在一家台湾人开的工厂里干活儿，几百个人生活在一起，每天要工作十多个小时，一个月只能休一天假。

"这么累啊，你受得了吗？"有人问她。

絮妹说："我们八小时外都算是加班的，基本工资很少，收入主要靠拿加班费，不累就拿不了多少钱。"

"那你以后还去吗？"人家又问她。

絮妹说："不去了，在那儿打工没有前途，有一个工人受不了累，急得跳楼了。"

絮妹这次回来，是和家人商量婚事的。她谈了一个外省小伙子，她要和他去外省做生意。絮妹的父亲杨老洼不同意，打了她一巴掌，说："以后你别想离开一步。"

絮妹说："我自己的事自己做主，我迟早要走的。"

杨老洼气得出了门，拿毛驴出气。杨老洼举起棍子就打在毛驴身上，一下比一下用力，边打边骂："你这个畜生、你这个畜生，你要气死我。"突然间，杨老洼的棍子停下来。絮妹和杨老洼夺着棍子。杨老洼把絮妹推倒在地，又来抽打毛驴。絮妹爬起来，扑在毛驴身上，说："要打你就打我吧。"絮妹说这话时，哭了起来。杨老洼把她拉过去，絮妹又冲过来，抱住了毛驴的脖子。杨老洼又在毛驴身上抽了一下，才扔了棍子，说："你比驴子还犟，我倒要看看你犟到什么时候！"

夜里，絮妹拎着一个银灰色的皮包，轻手轻脚地走到了门前的路上，一转眼就不见了。

她没有想到，家里的毛驴也要跟着她逃走。

毛驴看絮妹走了，一甩头，以往拴得很牢的绳子竟然被毛驴拉断了。毛驴悄悄走出棚子，去追絮妹了。

絮妹听到了毛驴的踢踏声，站住了，问毛驴："你来做什么？"

毛驴用头蹭着絮妹的胳膊。絮妹推着毛驴，说："你回去，你跟着我有什么用？我要到外省去，要和一个男的去做小生意，你跟着我做什么？我不是故意要丢下你，我也想在老家待着，可我待不下去……"

絮妹说着，流下了泪水。

毛驴也流下了泪水。毛驴往絮妹的衣服上蹭着泪水，絮妹往毛驴的脸上蹭着泪水。

过了一会儿，絮妹解下毛驴脖子上那截断绳，把绳子挽成一圈，放进了皮包，又拍着皮包说："小毛驴，我会想你的。看到这截绳子，我就会想你。回去吧，听话。"

絮妹说完，就走了，留下毛驴呆呆地站在月光里。

絮妹越走越远。

突然间，身后传来一声长长的驴叫声。

小 麦

芦芙荭

马勺做梦都没有想到,他和小麦能在后村意外相遇。

那天,公司让他给后村六排十二号三楼的一个用户送水。当他扛着一桶纯净水站在六排十二号三楼的那扇门前,敲了半天,竟然没有一点动静。马勺想,是不是跑错地方了? 就在他准备下楼时,门开了,一个男人从门里闪了出来,没等他看清模样,咚咚的脚步声早就响到楼下去了。

马勺连忙将头探进屋里,想弄清要水的是不是这家,一抬眼,不由得愣在那里了。

他看见那个头发有些零乱,仿佛才睡醒的女子竟然是小麦。

马勺有点惊,又有点喜。

他说:"小麦,原来是你?"

小麦在那一刻显然也认出了眼前的人是马勺,一丝慌乱像一只受了惊的鸟,飞上了脸颊。

小麦说:"水龙头坏了,老是滴滴答答地滴水,刚请人修了一下。"

马勺把那桶水装上了饮水机,抬眼看了看屋子。屋子虽然不大,却收拾得十分干净。

他站在屋子中间,看着面前的小麦,竟有些不知所措。

他说:"以后要收拾什么东西,扛米扛面换煤气了,你就跟我说吧。"

马勺就将他的手机号码写在了一张纸上,走了。

马勺走了,心却留在了后村,给用户送水的间隙,他总会情不自禁地想起小麦来。

马勺就翻出小麦留给他的电话号码,给小麦打电话。

马勺问小麦的水喝完没有,他说如果喝完了,他就再送一桶过来。

小麦便在电话的那一头咯咯咯地笑。马勺就问小麦笑什么。小麦说:"你以为我是一头水牛呀!一打电话就是问我的水喝完没有。"

马勺本就是没话找话,他只是想和小麦找个说话的机会,听了这话,一时紧张得不知说点啥好了,就在电话里喘粗气。

喘完粗气,马勺才鼓起勇气说:"小麦,你有空了,我请你吃饭。"

马勺果然将小麦约出来吃了几次饭,可每次小麦都是匆匆忙忙的样子。有两次,他们的饭还没有吃完,小麦突然接到一个电话,就急急地走了。马勺虽然心里有些不高兴,可也没得办法,谁叫他喜欢上了小麦呢?当然,下次再见面时,小麦的一声对不起,再撒个娇,一切的不愉快总会烟消云散。

也有悠闲的日子,这样的时候,吃完饭了,小麦就会挽着马勺的胳膊,到后村的那片小树林里去。

后村的后面,是一片小树林。

现在的城里人谈恋爱,都是去茶馆、咖啡馆。他们讲究的是情调。而后村里住着的都是外来人口,外来人口讲不了情调,总也得有点情趣吧,于是,他们谈情说爱,就到后村后面的那片树林子里面去。

夜晚的小树林,到处都充满着浪漫的气息。

树林的树梢上悬着月亮,草丛里有虫鸣声。

小麦是个浪漫的女孩儿,她喜欢看着月亮不厌其烦地让马勺说他爱她,她喜欢双手吊着马勺的脖子让马勺拎着她旋转。有时,马勺在树丛中掐一把野花送给她,都能让她流上半天的泪。

黑夜,将他们的烦恼遮盖得一干二净。

但更多的时候,他们一走进小树林,小麦就会让马勺在草丛里躺下来。

她说:"马勺,我想在你的肩上靠一靠。"小麦将头枕在马勺的肩膀上,竟会没来由地哭起来。

"好好的,怎么就哭了呢?"马勺不明白,问小麦是不是他哪里没有做好。

小麦什么也不说,只是哭。直到她哭够了,哭得觉得没意思了,她会突然地在马勺的脸上亲一口,嘿嘿地笑一声,一切又恢复如初。

爱情,除了浪漫,还有它现实的一面。马勺和小麦的爱情也是这样。当马勺和小麦越走越近时,马勺对小麦的感觉却是越来越陌生,他们的爱情似乎只能停留在那片小树林里。在小树林里,小麦总是柔情万种,可一旦走出那片小树林,小麦似乎就完全变了一个人,她守身如玉,绝不让马勺越雷池半步。除了那次送水,小麦再也不让马勺去她租住的那个房子。马勺一次次地问:"这是为什么?"小麦只说一句:"以后你会明白的。"

一天,马勺在给人送完水后,突然有一种想见小麦的强烈愿望。他打小麦的手机,怎么也打不通。他担心小麦出了什么事,就直接去了她的出租房。他站在小麦的门前,敲了半天门,门才打开一条缝。当小麦探出头看见是马勺时,突然就变了脸色,她说:"我说过不让你到这里来的,你凭什么来?"说着就砰一声关上了门。

之后的好几天,他们都没有给对方打电话。那一扇门好像真的把他们隔开了。

僵局最终还是小麦打破的。那天,小麦给马勺打来电话,她一边撒着娇,一边给马勺赔着不是。末了,她还第一次正式邀请马勺晚上到她租住的房子那儿去。

马勺冰封了几天的心,开河了。

晚上,当马勺怀着激动的心情敲开小麦的门时,一个鲜亮的小麦站在他的面前,小麦显然是经过精心打扮了的,妩媚又不失清纯。小麦见到马勺,一下扑进了他的怀里,她的双手吊在了他的脖子上,双腿就夹在了他的腰上。当门关上的那一刻,小麦一伸手拉灭了屋里的灯。

小麦对马勺说,这屋子里有两扇门,两扇门的后面是两份不同的礼物。

两份礼物马勺只能得到一个,马勺打开哪扇门,今晚她就把那扇门里的礼物送给他。

马勺在黑暗里抱着小麦,像袋鼠一样摸索着。终于,他摸到了一扇门,当他推开门的时候,耳边突然响起了生日歌,是小麦的手机里传来的。随之,他看见,房子里的桌子上摆着一只大蛋糕,蜡烛早已点燃。马勺这时才猛然想起,今天是他的生日。

这天晚上,马勺和小麦在这间温馨的小房子里,喝着红酒,吃着蛋糕,先前发生的一切不愉快都一扫而光。

小麦还是像先前一样,将头靠在马勺的肩膀上哭了个痛快。

马勺在要走的时候,才突然想起另一间房子里,小麦还准备了一份礼物的,他问小麦那间房子里是什么好礼物。小麦笑了笑,说:"你明天来看吧。"

第二天,马勺早早就去了小麦那里,他站在那里敲了好长时间的门,没有动静。这时,一个老太太来到他跟前,老太太问马勺是不是叫马勺,马勺说是的。老太太就将一把钥匙递给他。老太太说:"小麦走了,她说你要住这房子,她让我把钥匙给你。"

听了老太太的话,马勺的心不由一沉。他赶紧打开门,拿出手机打小麦的电话,可电话已经关机。

他不明白小麦怎么说走就走了。

他打开昨天晚上没有打开的那扇门。房子里是一张双人床,两套睡衣整齐地摆放在枕头边。

马勺还在屋子里找了找,看有没有小麦留下的纸条,却什么也没有找到。

马勺还是在给人送水,他一有时间就拨打小麦的电话,可电话始终打不通,直到后来,那串他熟悉的号码变成了空号。

马勺就拼了命地给人送水,他想,也许有一天,当他敲开一扇门时,里面走出来的人就是小麦。

今晚的月光分外明

马均海

　　家乡的南边，有一片很大的槐树林，一条小河从林中流过。潺潺流动的河水，流淌着我美好的回忆，也流淌着我感伤的泪水。河上那座弯弯的小石桥，是让我心醉神迷而又无限伤感的地方。

　　那年春天，槐花盛开，一串串的花儿压弯了枝头，林子里弥漫着沁人心脾的清香。几个采摘槐花的少女，一边忙着手里的活儿，一边有说有笑。其中一个穿红上衣的少女，爬到一棵弯腰槐树上，双脚踩着树枝，把一粒粒洁白的花朵麻利地撸到挎着的袋子里。少女漂亮的打扮、优美的身段、敏捷的动作，在绿叶的衬托下，真是一道绝妙的风景。正当我看得入神的时候，只听"咔嚓"一声，少女脚下的树枝折断了……我不知道从哪里来的胆识和勇气，飞身向前，用双手牢牢托住了尖叫着的少女。因冲力较大，我被砸倒在地。幸亏树不是太高，不然的话，我的伤势一定会很重。但值得高兴的是，少女只受了一点点轻伤。

　　原来，少女名叫阿香，家住我家邻村，是三里五村有名的靓妹。我和阿香就这样相识相爱了。

　　在我决定去南方打工的头天晚上，我和阿香相约来到了小河旁。天上的圆月分外明亮，一株株洋槐树被夜晚涂上了一层神秘的色彩，万物沉醉在如梦的月光里。被各种鸟儿喧闹了一天的树林，此时显得非常寂静，只能听到小河潺潺的流水声。我和阿香偎依在小桥的护栏上，彼此可以感到心的鸣跳。我把阿香的手放在胸前，几乎用颤抖的声音说道："阿香，我明天就要离开你了，其实，我真的不想离开你，但没有办法，因为我家里太穷。此去南方打工，一是挣上一笔钱，二是能学到一门技术，回来后自己闯出一条致富的路子，彻底甩掉穷帽子，好让你将来到我家后过上称心如意的日子。"阿香把头倚在我的肩上，慢声细语地说："你能舍身救我，这已经足够了。我不嫌你家穷，能和你厮守终生，平平安安的就好……"阿香的话使我非常感动。我情不自禁地把阿香抱在怀里，浑身飘飘欲仙，从心灵深处感到了人生的幸福，感受到了爱的甜蜜。我和阿香忘记了时间，忘记了夜晚，忘记了周围的一切一切……

在南方打工的日子里，白天，我拼命工作；晚上，我不是伏案给阿香写信，就是坐在江边久久地遥望着北方。我每天都在思念着阿香，每天都在回忆着那片可爱的槐树林，回忆着那条明亮的小河，还有河上那座弯弯的小桥。每次收到阿香的来信，我总是高兴得跟什么似的，干起活儿来也觉得力量倍增。下班后，我躺在僻静的角落里，一遍遍地读着阿香的信。阿香虽然文化水平不高，满纸找不到一个优美的词语，但字里行间所流露出来的真情实感，常常让我感动得热泪盈眶。为了多挣一些钱，为了早日把技术学到手，在征得阿香的同意后，春节期间我没有回家。

不知为什么，春节过后，我再没有收到阿香的来信，尽管我执着地按时给阿香写信，但仍然得不到阿香的回音。阿香怎么啦？难道她另有所爱？我的心在不安中痛苦着……

槐花飘香的时候，我辞了工作，登上了北归的列车。

下了车，我直奔阿香家。

阿香妈见到我，先是一惊，然后就用袖子抹眼泪，哽咽着说："孩子，你回来得太晚了。阿香去年冬天就得了绝症，怕影响你的工作，她不让任何人告诉你。阿香是在腊月二十五晚上过世的，临咽气前，她一直叫着你的名字……"阿香妈转过身去，从抽屉里拿出一个小盒子，泣不成声地说："孩子，这是你给她写的信,我都保存着……"多好的阿香,多可怜的阿香……我跪在阿香母亲的面前,失声痛哭,悲痛欲绝……

晚上,我默默地走进槐树林。月亮在云层里时隐时现,大地一片朦胧,四周寂静无声。浮在朦胧月色中的小桥,像个无助而悲伤的人儿,呜咽的河水,是小桥低低的哭泣声。这时候,月亮突然明亮起来,周围一切都变得清晰可辨。在明亮的月光下,我清楚地看见桥上站着一位红衣少女,她那长长的秀发上还系着黄丝带。啊!是阿香,我浑身打了个激灵……难道世上真的有鬼魂,还是我的幻觉所致?我用手背揉了揉眼睛,努力定了定神,再仔细望去,只见少女在桥上慢慢地来回走动着,像是期待或寻找着什么……啊,是阿香,是真真切切的阿香!我从不相信鬼魂,也不相信什么神灵,但眼前的现实,似乎改变了我顽固的思想。我想,无论是人为的阻碍,还是大自然的力量,都无法阻挡我和阿香两颗相爱的心,那即便是阿香的鬼魂,此时此刻,我丝毫也不觉得害怕。只要能见到阿香,哪怕是在阴曹地府,能和阿香说上一句话,见上一面,我今生今世也知足了……

月光越来越明亮,阿香的容貌也越来越清晰,甚至可以看到阿香的面部表情了……阿香好像看见了我,她下了小桥,向我这边走来。

我不顾一切地迎了过去……

李 楠

邓洪卫

二十年来，李楠一直在餐饮业打拼，说白了就是开饭店。从小饭店到大饭店，现在是大酒店。她家开饭店可有渊源了，她父母就开过饭店。那时她上初中，学校在镇上，饭店也在镇上。

苏北小镇，直溜溜一条街，饭店只有两家。李楠记得，父母开的饭店不大，楼上楼下三四间。生意还说得过去。厨师是不用找的，服务员也不用找。父母就是厨师，就是服务员。李楠放学回家，经常帮着父母洗洗碟子淘淘米，端端盘子上上菜。不忙的时候，在外屋的一个角落里做作业。有时，父母会给她端过一小碟春卷或一小碗鸡汤。春卷真脆，鸡汤真香，幸福感在心中暖暖地荡漾啊。

除了一些流动食客，经常光顾的是乡里和村里的大小干部。他们闲啊，大把大把的时间要打发啊。李楠记得最清楚的，是一个叫杨乡长的人。此人圆头圆脑，笑模笑样，立着一墩，坐着一堆。他喜欢跟母亲开玩笑。母亲端菜过来，他总要喊住母亲，让母亲敬杯酒。一开始，母亲红着脸推辞，坚决不喝。他们就把在厨房忙活的父亲喊来。"这怎么能行呢？乡长让你敬酒，你咋不识好歹呢？"父亲不真不假地呵斥着，自己端起杯子干了一个，说，"我认罚吧，向领导赔罪了。"这帮人嚷嚷说："不行，老李喝的不算。"母亲便接过杯子，抿了一口。这一口，就算开了口子啦！以后每次他们来，都要母亲喝一口。母亲竟不再推辞，坦然地喝了。不是一口，而是一杯，两杯，三杯。母亲应付自如。桌上气氛热烈，还有人鼓起掌。酒席散了，客人字签得也慷慨大方。往外走，杨乡长总赖在最后，回过身来，偷偷在母亲的屁股上拧一把。母亲也不恼，嘻嘻地笑着。李楠看到了，很生气地唾了一口，母亲才假模假样地躲了躲。杨乡长轻声说："你女儿是个人精，将来动静不会小，不会小呀。"

李楠初中没毕业，就离家出走了。这对父亲来说是个秘密，母亲却心知肚明。那天，母亲拿着一沓白条去找杨乡长了。父亲却发现还有几张杨乡长的白条落在家里，就让李楠赶紧送过去。那时李楠正在做作业，一道数学题算了一半，但她二话没说，放下笔，一溜小跑来到乡政府。杨乡长的办公室没人，一问，有"好心人"指给她杨乡长的宿舍。她就去了，结果就看到不该看到的一幕。她把白条往地上一扔，就走了。她没有回家，而是直接去车站，奔县城，又从县城奔市里。到了市里，她兜里空空如也，只得到一家小饭店里做服务员。老板很喜欢她，说："你在哪儿做过吧？这么顺溜。"她摇摇头说："我是学生。"这一做就是两年。两年后，她跟一个食客相好，出来另开了一家饭店，她就成了老板娘。饭店越开越大。每有熟客，丈夫都要敬酒，每晚都要敬好几圈。她心疼，有时过来帮丈夫挡两杯。丈夫呵斥她："男人的事你就别管了！"她就在前台照应照应客人，管管账。两年后，她成了老板，因为她跟丈夫离婚了。丈夫跟一个服务员搅在了一起。这怎么能行呢？散了吧。就散了。丈夫很仁义，把饭店留给她，她就成了老板。

因为她是女人，吸引了许多客人来。也因为她是女人，招来了许多是非。最头疼的两件事：敬酒和要账。她学会了喝酒，习惯了与食客们嬉笑唢骂。食客们也喜欢李楠。入乡随俗呀。既然入了这行就得吃喝这行啊。她的酒练出来了。老板出来敬酒，请客的人很有面子。老板酒敬得爽快，请客的人面子更足。遇到好说话的客人，她只需端一杯纯净水晃一圈就可以了。遇到不好说话的客人就混不过去了，倒掉矿泉水，众目睽睽之下，满满地倒上一杯酒。重要的领导要一个个敬，有时领导认起真来，要一口闷下一杯。

这酒喝得就没数,三下两下就头重脚轻了。

现在吃饭很少有人给现钱了,都是签字。签字是身份。酒喝得很高兴,字签得很潇洒。日积月累,都是上万的账啊。那么大的单位,也不在乎这点钱,可人家就是要你多跑几趟。今儿个去,领导没在家,签不上字。明儿个去,财务上的人忙,要排队。就这么拖着你。不到关键时刻不会把钱给你。她每年都要到超市办些购物卡,夹在账单里一起给人家。有时候,卡是不管用的,需要搭上她这个人。当然,对方是个能给她饭店带来大利益的人。这时候,她完全理解了母亲的苦处。

李楠是在三十六岁那年春天,突然想到回家的。她出来混整整二十年了,还没有回过家,没跟父母联系过。二十年啊。除了那次短暂的婚姻,基本上就是她一个人拼过来了。她在市区买了两套房子,还买了一辆宝马。她开着宝马去了那个小镇。市里到这个小镇不过三百公里路,两个多小时就到了。小镇变了,街道变得比以前更开阔了。小镇上的饭店也多了,却没有父母的饭店。原来,父母在她出走之后,就回到村里,再也没开饭店。她的宝马车进了村子。远远地,她看到自家门前的老槐树下,有一张小桌。她上小学时,经常在那里做作业。两个老人相依相偎伏在桌上翻看着什么。她下车走过去。她看到桌上放着她当年的书包、课本、钢笔。她打开作业本,看到那道没有算完的数学题,不由放声大哭。

她把父母接到了城里。她想让他们好好享享清福,把二十多年没尽的孝道补回来。可是半年后,她被查出得了绝症:肝癌。

跟经常喝酒有关系吗?或许有。

秦　武

邓洪卫

秦武是个诗人。诗人都有点怪。不怪写不出好诗。

秦武也有点怪。

光头，锃亮锃亮。一字胡须，怪怪地向上翘着，像是挑衅。眼睛看人的时候，有点狠。

这跟他的经历有关。别看他的名头很响，又是诗人，又是总经理，其实，他很孤独。

他怕别人说起他父亲。他说，那是他的软肋。秦武的父亲是镇兽医站站长，在镇上是个人物，人称"小宋江"，仗义疏财。谁家有困难了，接济一二；逢高兴了，摆几桌，请一些穷朋友来豪饮一番。

喝得杯盘狼藉，横七竖八地躺着，是常有的事，也是秦武小时候常看到的场面。

但是，这样的场面，在那天早晨之后再也没有出现过。那天早晨，小秦武的父亲在自家的屋顶上锻炼，忽然摔了下来。

接下来，一家生活的重担，都落在母亲一人身上。父亲仗义疏财接济过的朋友，这时候，都散了，没一个傍边儿的。

其实，很多人都跟父亲借过钱的，可是父亲从来没让他们打过借条。就算是打了借条，也不一定认账。秦武过早地看透了世态炎凉。

秦武在艰难的环境下,念到中专毕业,却找不到工作。

他的一个诗友,在深圳办了一家公司,他就收拾行李,投奔了去。

兜里刨去路费,只剩下五元钱。

到了深圳,已是夜晚。下了车,跟一个拉三轮的谈妥了,到某个地方五块钱。三轮车夫很痛快地答应了。他说:"好,上车吧。知道你外乡人,不容易。"秦武的心里涌上一股感动,眼里竟有一些潮。

车子飞快地行进,突然他听到车夫的一声断喝:"到了。"

秦武探身一看,四周黑乎乎的,根本不是他朋友所说的繁华路段。

车夫手里拿着铁棍,喝道:"下来!"

秦武下来。

车夫喝道:"拿出来!"

秦武明白,这是个黑车夫,劫道的。

秦武从兜里翻出五枚硬币来,放在车夫的掌心。

车夫说:"都拿出来。"

秦武说:"没有了。"

车夫骂道:"找死啊?"

秦武说:"打死我也没有了,要不我把这身衣服脱给你。"

车夫道:"你这身破衣烂衫,谁要?"

车夫狠狠地说:"倒霉,碰上你这穷小子。"

上了车,发动,一下子蹿出老远,忽地又停住了。

又是一声骂:"妈的,不要了,腥了手。"随着车夫的手一扬,一阵叮叮当当响。那是硬币落地的声音。车子又发动,轰的一声,跑了。

在一瞬间纷杂的声音中,秦武还是听出来,共六声响,也就是说,他给了车夫五枚硬币,而车夫扔出来六枚。

他赶紧跑过去,在石板路上找寻。他在十分钟之内,找到了五枚。第六枚,让他找得好苦。

他甚至有些怀疑是不是六声响。

可最终，在一个石头缝里找到了。

而那时候，天已经亮了。他将六枚硬币放在兜里，走出巷口，他朋友所说的公司就出现在面前。

秦武在深圳闯荡了五年。五年后，他返回家乡办公司。公司办得不太景气，亏损。跟朋友吃饭，大多是朋友掏钱。

有一天晚上，我们在大排档里喝酒，他讲起了这个故事。

他很感激车夫。

"是个好人啊，难得的好人。"他说，"当年，我父亲接济过那么多人，可他一死，没一个人送过来一分钱。"可这个车夫，在他最困难的时候，却送给他一枚硬币。

他说，寻硬币的过程，也给了他很大的启示。他到现在写过无数首诗，可是好诗也就那么几首，就如他找到的第六枚硬币。这枚硬币才是诗啊。

那天，我们的酒喝多了。我们的话也分外多。

秦武喝的更多，他趴在桌上，先睡了。

几个民工模样的人就在这个时候走过来。

为首的一个说："老板们，我们到这里打工的，老板跑了，我们一分钱工资也没拿到，求求你们，给我们点儿饭吃吧，我们已经饿了一天了。"

我们喝着酒，没有理他们。

趴在桌上的秦武却说话了："旁边的桌子坐下，每人一碗凉皮，一瓶啤酒，我请客。"

几个人道声谢，全围在旁边桌边坐下了。

为首的那个民工说："今天遇上贵人了。"

秦武说："错了，你们没遇到贵人，是遇到好人了。"

民工说："是，是，好人，好人。"

秦武对我们说："我刚才眯了一觉，也就两分钟的工夫，我见到我父亲了，我父亲说，要做个好人啊。"秦武说着，满脸的泪水。

田小和高丽丽

非·鱼

在厂里才干了四个月,十七岁的田小就恋爱了。

田小没有更多的选择余地。一个段上,除了高丽丽一个来自河南的女孩,其他的都是四川和湖北的,田小不喜欢她们说话的样子,要么是嘴巴不张,要么就是张得过大。

晚上九点下线,高丽丽喊田小:"吃宵夜,去不去?"田小说"去"。

两个人摇晃着细瘦的身子,走在黑黢黢的路上。二十分钟后,看到一盏灯,有一家小卖店,那里可以用一个小锅煮方便面。

高丽丽自己点了一个小锅,加了鸡蛋。田小说"一样",然后一屁股坐下去,把背靠在身后的墙上,腰疼。他的头发从额头上盖下来,使他看起来疲惫忧郁。

吃完饭,每人五块钱,高丽丽要结,田小拦住了她:"去,一边去。"高丽丽也不客气,把钱塞回牛仔裤兜里,看看田小,咧嘴一笑。回去的路上,她把胳膊挂在田小的胳膊上,把半个身子也挂在田小身上,脚下软软的。

他们的恋爱就这样开始了。

远离了家长的视线,两个人的恋爱谈得很随意,当然也很粗糙。

上班,下班,每天十个小时。田小一回到宿舍就觉得瞌睡得要死。他细瘦的脖子从工装里伸出来,头往前探,像是要在地上找什么东西。高丽丽也好不到哪儿去,眼皮肿着,不时用手捂着嘴打哈欠。

田小说:"不行,出去租房子。"

高丽丽说:"我可没钱。我每月只剩一百五了,还要交电话费。"

田小手一挥:"去,没说要你拿钱,大不了我多加几个班。"那样子,像个腰缠万贯的大款。

工厂周围到处都是等着出租的民房,专门租给那些夫妻两个都在厂里的工人,当然还有田小这样谈恋爱的。

一床被子,两个枕头,一个十四寸的旧电视机。两个人坐在床边晃着腿,你看看我,我看看你,到处都是甜蜜,八平方的小屋都快盛不下,要溢出来似的。

田小说:"在老家,我都该结婚了。"

高丽丽笑他:"谁跟你啊,穷得要死。"

田小一把抓住高丽丽:"你不跟?"

高丽丽没有回答,顺势躺在床上不停地笑。

日子就像一截松紧带,拽拽,紧了,松手,又松了。

田小租了房子,却很少有时间去住。他要加班,要不停地加班,这样每个月才能留下租房子的钱,和高丽丽去玩去吃面的钱。

高丽丽说:"再不回来我跟别人了。"

田小说:"你敢,小心我杀了你。"

星期天下午,田小休息半天,他会跟高丽丽去街上转。说街,其实就是村里那条五十米长的路,他们已经转过无数次,闭着眼睛都能摸到每一个商店的门。

那个下午,高丽丽吃了一袋锅巴、一根冰糕,田小买了一盒烟。他们坐在桥头的石头上,叽叽咕咕说了一下午话,好像要把攒了几天的话都说完。天快要黑的时候,两个人却不欢而散。

原因很简单。田小问高丽丽给她家人说没说他们的关系,高丽丽说没有,还没想好。高丽丽反问田小,田小支支吾吾一会儿说家人知道,一会儿又说等过年回家再细说。高丽丽恼了，扔了手里的冰糕棍走了。

田小第二天去找高丽丽，高丽丽扭着身子不理他。田小拉着她的胳膊把她拉回小屋，递给她一张五十块钱的手机充值卡："送你的。"高丽丽接过卡，笑了，身子朝田小一扛，把他们俩都扛倒在床上。

得知高丽丽怀孕的消息时，田小脸都吓白了。他把头埋在两只黑黢黢的大手里，一声不吭。高丽丽用脚踢他，用手拧他，抓他的头发，他就是不抬头，不说话，浑身不停地哆嗦。高丽丽说："拿钱，我自己解决。"

田小这才抬起头，问她得多少钱。高丽丽说："五百吧。不能再少了。"

田小把兜里的钱都搜出来，还不到二百。田小说："我去借，你等着。"

田小回来的时候，已经是晚上，高丽丽饿着肚子在等他。田小把剩下的钱给她，她点了两遍，然后说："走，吃饭去。"她的样子让田小觉得好像上当了，她根本就没有怀孕。

高丽丽踢了他一脚："田小，你还是人不是？不信你跟我一起去医院。"

田小忙说："我信，我信。"

高丽丽从医院回来，干瘦的身子一直在晃荡，佝偻着背，脸色惨白。她用手紧摁着肚子，好像医生把她的肚子拉开了一样。田小给她买了一杯八宝粥，打开递给她。高丽丽喝了一口。呸——又吐出来。妈的，冰的。田小说："没火。"高丽丽把八宝粥咣一下撴在床头柜上："我还不知道没火？要你说。"

过了很久，田小小声说："我爹早上打电话了，要我回去。"

高丽丽一下直起腰："那你还回来不回来？"

田小说："不知道。"

高丽丽一把抓过身边的枕头，朝田小扔过去，砸在他头上："田小，你浑蛋。"

田小说："房租交到下个月，东西都给你，我不要了。"

高丽丽抓过另一个枕头，却没扔出去，而是捂在肚子上，号啕大哭，边哭边骂田小。

田小好像什么也听不见。他已经在想辞了工还能领多少钱，能还清给高丽丽看病借的外债吗？

田小的房子

非·鱼

田小从南方回到家的时候，家里一个人也没有。

大门一扇开着，一扇闭着。院子里几只鸡在活动，听到田小推门的声音，懒洋洋地朝墙角挪几步，继续在地上刨着，叨着。

田小喊了几声，没人答应。他很奇怪，明明知道他今天回来，人都哪儿去了？

田小爹妈跟人打架去了。和他二叔二婶。

田小的爷爷去世后，三间老房子一分为二，两家各一半，老大在东，老二在西。田小的爹想贴着东山墙再盖一溜厢房，田小的二婶不让。理由是如果他们盖房子就会堵了大门，占了院子。

两家四口人，先是骂，两个女人在骂，跳着脚骂，拍着屁股骂，骂着骂着两个男人就掺和进来，动手打。田小爹冷不防被砸了脑袋，血顺着脑门往下流。

就在田小回来前的半个小时，他们还纠缠在一起。直到见了血，才收手。田小妈拉着丈夫一边骂一边去村诊所。

田小进不了门，只好坐在房檐下等。看到爹头上包着纱布进门，妈嘴里嘟嘟囔囔，他忙站起来："咋了？咋了？"他爹手捂着头，嘴里哼哼叽叽。

田小问了半天，才问清楚事情的经过。但他不知道说什么好，以他十七岁的年龄,他还不能正确地处理这些事。他觉得爹妈和二叔都是一家人,怎么能打成这样呢?

他只好闭上嘴。忽然又想起来他爹叫他回来的事,忙问:"好好的,干吗要催我回来?"

"盖房子。再不盖谁家闺女肯跟你?"

"可不,虚岁都十九了。再说不下媳妇,你就打光棍儿。"田小妈说。

"打光棍儿就打光棍儿。"田小小声接一句。他的脑子里闪过高丽丽那张没睡醒似的脸。他不知道是不是要跟他们说一下那个广东的高丽丽。他不能确定,高丽丽是不是要跟他,高丽丽的家人能不能同意。算了,还是先不说吧。

他从内裤兜里抠出一个小包,数了数,递给他爹:"就这么多了。"田小爹看了看,塞进自己兜里。

田小打工时每月给家里打回来一千五,如果不加班,他自己只能留一二百块钱。他知道要盖房子,不盖房子他就没办法娶媳妇。不管娶谁,总得有搁床搁媳妇的地方,何况他还有个弟弟。全家人所有的奋斗目标,就是盖新房。

现在,钱差不多了,田小也回来了,但盖房子的地方又出了问题。

当天晚上,围绕把房子盖在哪儿这个问题,三个人争论不休。田小不希望跟二叔吵,说找村里再划宅基地。他爹骂他脑子让猪拱了,宅基地又不是白给,谁想要就给。田小爹说:"不行,得再去找老二。"

去找了。但老二两口子根本连门都不开,他们怕老大来要医药费。

田小说:"我去试试。"

他到村小卖铺买了一条烟,一包点心,站在二叔家门外,喊:"二叔,二婶,俺从广东回来了,来看看你们。"他记得小时候二叔最喜欢逗他玩儿,他就像二叔的影子,整天跟着他晃来晃去。

依然没有动静,二叔和二婶没有给田小这个面子。他只好提着东西回家。

走到半路,田小越想越窝火,一抬手把手里的点心扔进路边的垃圾堆里。

没有办法,房子不能不盖,订的砖人家催着让拉,钢筋还在涨价。

田小一拧脖子:"盖,不管他。既然分给咱了,咱怕他?"

田小的脾气像他爹,看起来平塌塌的,没什么性格,既不张狂,也不窝囊,轻易也不会发火。可一旦要急了,就变成了一根筋,死犟。

田小这么一说,他爹的士气也被鼓起来:"盖。"

老院子的大门拆了,东墙拆了。就在把砖拉回来要卸车的时候,二叔和二婶出来了。

二叔没说话,二婶直接朝地上一躺:"卸吧,有本事你把砖卸我身上。"

帮忙卸砖的邻居一看这架势,抄着手躲在一边。田小手里抱了几块砖,他往哪儿放,二婶朝哪儿滚,他手里的砖根本没办法搁到地上。

转了几圈,田小胳膊端酸了,他一气之下撒了手,砖头哗啦啦掉在地上,有两块砸在二婶腿上,她哭天喊地叫唤起来。

站在一边的二叔和田小爹看到这情形,同时冲过来。田小爹没想到田小会撒手,他过来是想看看弟媳妇被砸得怎么样,二叔以为大哥要帮儿子。结果,两个人一冲过来,就同时伸出了拳头。

田小看见爹头上的白纱布在晃,二叔的拳头在晃,耳朵里全是二婶尖利的号叫。

他瞪着眼,一声不吭。他从地上捡起一块砖,照着二叔的头夯了下去。

二叔像电影里的慢镜头,扭头看了看他,脸上带着一种很奇怪的表情,然后慢慢倒了下去。

田小看着二叔倒下去,又看看手里的砖头,他没有感觉到恐惧,而是一种畅快淋漓的快感。

警察来的时候田小就乖乖地坐在家里。二叔脑震荡,住在医院。

田小觉得值,因为房子终于可以盖了。

二婶说算了,她儿子大了西边也得起厢房。

城市的夜晚

李世民

一只蚊子像一架战斗机嗡嗡袭来，惹得朱小举挥舞着床单奋力反击。如此这般，朱小举已经击退了蚊子的一次又一次猛烈进攻。

朱小举躺在打麦场里，身边，是一大堆散发着新鲜气息的麦子。望着满天的星斗，他回忆起了城市的夜晚。

对于城市，朱小举不再陌生，却有着无尽的新鲜感觉。而城市的那个夜晚，已经让朱小举无法忘记了。

在城市的工地上，朱小举是一个水电工。本身，水电工是大家看好的工种，干活儿多是在楼层里面，风吹不着雨打不着太阳晒不着，更重要的是水电工的薪水也是很高的。更何况多年的走南闯北已经让朱小举成长为一个手艺不错的水电工。

那天，朱小举准备在工地上的墙壁穿通一根排水管道，可是，无论如何变换位置，那根排水管都不能顺利通过墙壁。朱小举意识到，这需要有人来帮一下忙。

或许是偶然，或许是必然，朱小举请来了柳米。柳米是工地上的粉刷工，当时，柳米正在附近的房间里粉刷墙壁。实际上，朱小举那时候并不知道柳米的名字，只是，朱小举在工地上常常遇到柳米，有时候会在楼道里擦肩而过。擦肩而过的时候，他们会互相点点头，笑笑。朱小举认为，柳米笑

的时候,很好看。

柳米是安徽人,会唱黄梅戏。柳米在干活儿的时候,心情好了,就会唱一段,她一边刷涂料,一边唱《女驸马》里的选段:

为救李郎离家园

谁料皇榜中状元……

柳米唱的戏,在工地上的楼层里荡漾着,有时候就会荡漾到朱小举那儿。朱小举认为,柳米唱的黄梅戏,很好听。

朱小举让柳米扶着那根排水管道,自己用右手举起了锤子。朱小举把锤子举到空中的时候,他看到,柳米的手,很好看。

朱小举怎么也没想到,自己的手竟然是那么准确,只一锤,就砸中了柳米的手。顿时,柳米的手鲜血直流。

朱小举突然不知所措了。不知所措的朱小举,一下子就捉住了柳米那只受伤的手,不知所措地说,对不起,对不起。

事情的结果并没有朱小举想象的那样糟糕,柳米手伤得不是很重,仅仅破了一层皮。更重要的是,柳米根本没有生气,而且对朱小举的歉意和关心表示友好和感激,朱小举也就是在这个过程中知道柳米的名字和她的手机号码的。

很快,柳米就收到了朱小举的信息:"你的手,好点儿了吗?"很快,朱小举也收到了柳米的回复:"好点儿了,别担心。"很快,朱小举又给柳米发去了信息:"你的手,好了吗?"很快,朱小举又收到了柳米的回复:"好了,别担心。"其实,朱小举给柳米发信息的时候,柳米正在隔壁或者对面的房间里刷涂料。甚至,朱小举给柳米发信息的时候,朱小举都能看到柳米拿着手机在查看信息。即使这样,朱小举还是选择了用手机为柳米发信息。这样,朱小举就有了别样的感觉,柳米也有了别样的感觉。

终于有一天,朱小举为柳米发去了一条自己脸红也让柳米脸红的信息:"晚上,我们一起去公园好吗?"朱小举知道,自己发这条信息意味着什么。柳米也知道,自己收到这条信息意味着什么。终于,朱小举也收到令他

心里波涛汹涌的回复:"好。"

公园里,朱小举和柳米坐在草坪上,朱小举说:"柳米,你给我唱一段《女驸马》好吗?"柳米点了点头,顿了顿嗓子,轻声唱了起来:

为救李郎离家园

谁料皇榜中状元……

朱小举觉得,城市的夜晚真好啊。朱小举伸手捉住了柳米的手,说:"你的手还疼吗?"

就在朱小举捉住柳米的手的时候,朱小举的手机响了,朱小举松了手,接通了手机。手机是媳妇春燕从家里打来的,春燕说:"田里的麦子熟了,明天,你赶紧回来吧。"朱小举说:"我正加班呢,工地上太忙了,走不掉。"春燕说:"再忙也要回来,你不要家了吗?"朱小举就不吱声了。

一只蚊子又像一架战斗机嗡嗡袭来,把朱小举的思绪打断了。朱小举不再反击了,他索性把被单蒙在头上。

第二天上午,朱小举和媳妇春燕正在往家运麦子,柳米发来了信息:"麦子收好没? 啥时回?"朱小举回复:"马上。"

朱小举对春燕说:"老板发来了信息,催着回去呢,工地上,离不开俺呢。"春燕说:"反正麦子收好了,那你下午就回吧。"

下午,朱小举就乘上了发往城市的班车。朱小举想,这趟班车,是不是要开往城市的夜晚呢?

朱小奇

李世民

柳絮是傍晚时来到工地上的。

柳絮是工头丁欢的媳妇,到工地上来看丁欢。柳絮还没有看到丁欢的时候,民工们已经看到了柳絮。柳絮披一头柔和的长发,着一身米黄色的连衣裙,真的像春天里一团飘舞的柳絮。夕阳中,柳絮鲜艳而生动。

晚饭后,有位民工说:"咱工地上天天热热闹闹地干活儿,就像一个大戏台,这个戏台就是工头丁欢搭的。唱戏的呢,是我们这些人,今天丁欢的媳妇来了,听说她会唱黄梅戏,现在是不是该让她为大伙唱一回黄梅戏?"

这话一出,哗哗哗地就响起了掌声,其中一位民工把巴掌都拍红了,他就是朱小奇。朱小奇是安徽人,平日里爱哼几句《天仙配》,可是他的嗓音不好,哼起来像打开一扇吱吱呀呀的老式木门。

当伙伴们推推攘攘着去找柳絮唱黄梅戏的时候,柳絮柔和的头发和米黄色的连衣裙正在丁欢怀里飘舞着。

大伙都嚷嚷:"让嫂子给唱一回黄梅戏吧。"

丁欢鼓励柳絮:"要不,就给大家唱一出?"

柳絮红着脸,点了点头。

于是,大家雀跃着欢呼着,走向工地前的开阔地上收拾场地:扯了一个亮堂堂的灯泡,用木板搭成了舞台,垒砖头拼了座位……

柳絮走上舞台的时候，微风轻拂着她柔和的头发和米黄色的连衣裙。柳絮为大家唱了黄梅戏《女驸马》选段：

民女名叫冯素珍，

自幼许配李兆庭，

爹娘嫌贫爱富贵，

诬陷李郎入了监中，

民女只为救夫命，

万里奔波到京城……

大家就暴风骤雨般地拍起了巴掌。

唱了几段黄梅戏，大家还赖在场地上，没有走的意思。丁欢的脸就变了颜色，他虎着脸走上舞台，瞪着眼说："都这么晚了，还闹腾什么呀？明天一早还要上班呢。"然后，他又补充一句说："你们不着急，我还着急呢。"

大伙哄地笑了起来，然后又响起了"哗哗哗"的掌声。

丁欢知道说漏了嘴，也笑了。

有人又对丁欢起哄说："平时，都是大家为你服务，这会儿，就让你媳妇给大家服务一回吧。"

有人附和："对对，让丁欢媳妇为大伙服务一回，让她为大家端一回茶。"

有人提议："端茶没意思，还不如给大家点一回烟。"

"好！好！让她为大家点一回烟！"

场地上沸腾了。

丁欢苦笑着说："好！好！我答应你们，点完烟后，大家不要再闹了啊。"说完，丁欢就去工地外面买烟去了。

就在丁欢去买烟的间隙里，有人发现，刚才还欢欣鼓舞的朱小奇，这会儿却坐在砖头上默不作声，他抱着头，几乎埋到了裤裆里。

有人明白了，朱小奇不会抽烟。

是啊，大家都知道，朱小奇确实不会吸烟。

丁欢回来后，挨个儿发烟。丁欢不时晃晃手中的烟，大家知道，那是包好烟。

于是,柳絮手捏着打火机,开始挨个儿给大伙儿点烟。柳絮给大伙点烟的时候,弓起了身。柳絮柔和的头发,偶尔会触到谁的胳膊;柳絮米黄色的连衣裙,偶尔会轻拂谁的后背。有胆大的民工,忍不住伸手捏了一下柳絮的胳膊或小腿。

有人深深地吸了几口,然后从鼻孔里喷出了快乐的烟雾,有人把烟气含在嘴里,然后仰面朝天,向空中吐出了旋转的烟圈⋯⋯

柳絮走到朱小奇跟前的时候,旁边的几个民工看到,朱小奇的嘴里,居然也叼着一根烟。

有人问:"朱小奇,你小子也会吸烟啊?"

朱小奇点了点头。

然后,朱小奇嘴里的那根烟,很夸张地转动了一下。

柳絮就弓起身子,为朱小奇点上了烟。

有人喊:"朱小奇,你的嘴像屁眼儿,会抽烟吗?"

朱小奇伸出右手的食指和中指,把烟捏住了,他屏住呼吸,恶狠狠地猛吸了几口。

朱小奇突然捂住腹部,猛烈地咳嗽起来。

朱小奇眼里,呛出了泪花。

有几个民工齐声喊:"朱小奇,加油,朱小奇,加油。"

朱小奇再一次捉牢了烟,屏住呼吸,恶狠狠地吸了几口。

朱小奇眼里,汹涌如潮。

有人问:"朱小奇,想说什么吗?"

朱小奇说:"想。"

有人问:"想说啥?"

朱小奇哽咽着说:"等我娶了媳妇,天天让她为我点烟。"

场地上再一次响起了暴风骤雨般的掌声。

小鞋店

安 庆

　　小鞋店窝在接近市场北门的一间小屋里。两边是两家杂货店,再往南是一家经营五金电器的小门面,灯泡、台灯、插座、小风扇等应有尽有。

　　付雪莹就是因为要去买一支小电棒,留意到了小鞋店的。她不知道小鞋店里第一双皮鞋生意和自己有关。她没有留意那天她脚下的炮屑,市场街里开张的炮声和炮屑太正常了。

　　皮鞋店的老板对付雪莹有很深的印象,而且记下了她的名字。付雪莹去做第二双鞋时,鞋店的老板出口就喊出了她的姓,叫了一声"付师傅"。当她反应过来时,才知道是喊自己的,她很感动。小老板俯下身,量了脚,量完了,在小本子上记。然后让她挑选材料,包括里边的衬边,拿出来不同的鞋底让她对照。她记住了小老板姓乔,电视里正放陈建斌主演的《乔家大院》,她一下子记住了。

　　就这样,她一连在小鞋店做了六双鞋。当然,包括丈夫和女儿的。

　　因为离小区近,付雪莹不自觉地散着步就走到了小鞋店;来市场街买东西,禁不住也会迈步到小鞋店里。有几次,付雪莹看见小乔的手里夹着一个烧饼,烧饼的碎屑落在一张皮子上;手被皮子染上了颜色;左手上落了几个小疤,还有一个新口子,泛着红色。付雪莹有些心疼:这个孩子,天天就这样把自己打发了,幸亏年轻。

那一次，付雪莹在家做饭，不知不觉竟多做了一个人的饭。和丈夫、女儿吃过了，才想起那一份是无意中多做的。说是无意，其实是早已在潜意识里有了，就端了饭去了市场。这之后，隔几天，付雪莹就会多做出一份饭来。

小乔吃得很香，吃得头上冒了汗星儿。小乔说了声"谢谢付阿姨"，小乔已经把付师傅喊成了付阿姨。

小乔竟然会找到家来。小乔站在门口有些犹豫，搓着手，看着付雪莹和她的丈夫。付雪莹说："小乔，有事儿？你进来说嘛。"看付雪莹和丈夫热情地让他，他进去了。小乔没有坐，踌躇一阵，硬着头皮说："阿姨，叔叔，我遇着难了。家里用钱，我想凑个整数，可怎么也凑不起来。我……我想今天寄出去。"小乔说完了看着付雪莹的丈夫，说："叔叔，对不起噢，原谅我莽撞、不礼貌。"

钱是付雪莹从丈夫手里接过又递给小乔的。小乔掏出一张纸，要写借条，被付雪莹挡住了。小乔鞠了躬，说："我真的不认识别人，也是没办法了，我一定早些还叔叔阿姨。"

临出门，小乔又鞠了一躬。

这年夏天，付雪莹的女儿考上了南方一所大学。开学前，付雪莹和丈夫在牧城的"老馆子"为女儿饯行。平时来往较多的同学朋友，加上一桌的亲戚，在一起热闹着。酒喝到快结束时，小乔出现了：那完全是另外的一个小乔，西装革履，剪了头发，干干净净，手上的颜色淡了许多。小乔手里捧着几个鞋盒，说："叔叔，阿姨，我打扰场面了。"他把鞋递过去，说："这是我准备好的几双鞋，给大学生妹妹的！我知道南方的气候，这是四双鞋，可以在四季里轮换穿。"

小乔还站着，说："付阿姨，叔叔，大学生妹妹，我的心意，求你们收下吧。"

付雪莹一家人赶忙让着请小乔坐下，小乔喝了一杯酒就走了。

没有想到小乔会是个逃犯。是小乔老家来人追过来她才知道的。原来，小乔之前在老家，因为自己的女人和另外一个男人以前的关系，和那个男人发生了械斗，把人打伤后跑了出来。总之，小乔是被带走的。

走之前，小乔见到了付雪莹。小乔低着头，羞涩地叫了一声："付师傅，付……付阿姨。"对付雪莹的丈夫叫一声："叔叔，你们别瞧不起我，我不是故意要躲避的。付阿姨，我走了，我……"

付雪莹看着小乔。小乔说："付阿姨，我有事想拜托你。我做好的鞋都写上了条子，放在鞋柜里，鞋盒上标了名字，你帮我让他们领走。还有，没有做好的鞋，帮我把钱退了……"

付雪莹愣着，愣过了点头。付雪莹答应了。

小乔又向房主提出了一个要求，说："老板，这房子你可以给我留下吗？我不想离开这个房子，我还要回来的。"小乔接着说："这样吧，老板，我先给你留下两年的租金，多退少补。拜托你把房子给我留着！一定给我留下来！我的东西还放在里边。"

小乔走了。

付雪莹一时拗不过来："怎么会是个逃犯呢，这孩子好好的？"一连几天她还是常去小市场，还是常去小鞋店附近转。老伴儿跟着她，握着她的手，再慢慢地离开市场。

两年后，小乔回来了。确切说，是两年零四个月。小乔又瘦了一圈儿，小乔的手里是一个包裹，还掂了他们那个地方的特产——茶叶和一种食品。两份，一份给房东，一份给付雪莹。

小乔站到了皮鞋店前。

小乔打开门，看见房子竟然收拾得特别干净，连鞋柜都擦得一尘不染。房东说："是付师傅。付师傅每天都过来打扫！还有，最近四个月的房钱付师傅已先替你付了。"

小乔扔下包裹，朝着付雪莹家跑。他在心里，已经一遍遍地在叫着"付阿姨、付阿姨"！不，已经在叫"付妈妈、付妈妈"了。

红叶进城(二题)

唐丽妮

进城

1991 年夏天,十五岁的红叶被一列火车带到云柳市。卷入陌生的人流里,红叶晕乎乎的,像朵夹裹在柴草担里的小野花,被人从山上挑到城里。

红叶进城,是给小姨家当小保姆的,主要照看几个月大的小表弟,兼买菜做饭做家务。

小姨比几年前更好看了,像溪水洗过的苹果,左颊上红叶熟悉的黑痣还在,这让红叶踏实,仿佛小野花找到了落脚的土壤。去小姨家得坐公共汽车。站牌旁边是青云酒店,一溜的玻璃橱窗,里头挂着暗红色的帘子。红叶一转脸,就看到站在橱窗里的自己,吓一跳,羞得满脸通红,赶紧转回来。可不一会儿,她又忍不住偷偷用眼角瞟,再转回来,再瞟……如此反复几次,红叶胆子就大了。她很快发现,街上人来人往的,却没人注意她,小姨也只伸长脖子往二路车来的方向探头。红叶就背对众人面向橱窗,两手夹住青桃小脸,黑白分明的大眼睛眨两眨,忽然伸出粉红舌头扮了个鬼脸。看到窗子里的人儿也对自己吐舌头,红叶就捂着嘴笑。

小姨家的活儿不难做,无非就是拖地洗衣做菜哄哄小表弟。表弟比瘦丁丁的弟弟好带多了，又胖又乖，粉嫩干净，香喷喷的，收录机音乐一响，就自个儿在小床里手舞足蹈。同样初中毕业，相比在村里干农活的同学红莲青葵她们，红叶感觉自己太幸福了。日晒不着雨淋不到，有吃有住，每月还有三十块零花，三年能攒下一千呢。

两年工夫，红叶就长高了，胖了，白了，出落得像一朵水粉水粉的水莲花。小姨是真心疼姐姐的这个大女儿，好吃好穿，还常带红叶和孩子出去玩。有时出去，路过青云酒店，红叶还是喜欢对着那大橱窗扮鬼脸，不好意思吐舌头了，却故意走得近近的，对着里头的自己悄悄挤眉弄眼。小姨家浴室里有面明亮明亮的大镜子，进进出出，抬眼就能照。但红叶很少照，也就是梳头时看看，从没在那儿扮过鬼脸，也想不起扮鬼脸。只有在那个映照过无数个人像却又留不住一个人影的大橱窗前，才会突然童心大发。红叶也不知是为什么，但认为这是个秘密，只对一个人讲过。尽管那个人对她的秘密并不以为意。

那个人就是高萍，跟红叶同村长大，长红叶两岁，以前在别处做保姆，后来到凌云小区，帮后楼李姨带孩子，知道的事情很多，叽里呱啦的。两人一起带孩子，很快就成了无话不谈的密友。两人去菜市买菜，回家路上，高萍掂掂红叶篮里的肉说："叶子你被坑了！"看红叶惊诧，高萍一甩辫子说："明天看我的。"

第二天，卖肉的给红叶称肉，高萍突然一手翻过秤盘底，盘沿底下露出一块弯的薄磁铁。卖肉的黑脸赶紧换上笑脸，麻利一刀再切一块肉，一并扔到红叶篮里。高萍拉上红叶就走。

"他坑人，我们告他去！"红叶气咻咻的。

"告得几次？这菜场有几个不坑人？你不想来这买菜啦？再说这种三脚猫的手脚也只能坑坑你这种脸嫩的。城里乱得很，我们乡下人在这里混不容易，要处处留心，但也不能怕他们。以后，你就跟着我吧！"高萍说着，两条辫子甩得要飞起来。红叶连连点头。

高萍后来还告诉过红叶很多"行内秘诀"，怎么从菜钱里抠零头啦，怎么要挟主家加工钱啦,怎么偷吃孩子的牛奶糕点啦,怎么偷懒啦……高萍说她曾偷偷在牛奶里掺过安眠药,让主家的孩子在家里呼呼大睡,自己跑出去跟朋友玩了大半天。

红叶一听,吓坏了,赶紧抱过在草地上玩得起劲的小表弟,把奶瓶也紧紧抓在手里。

"只放一小点儿一点事也没有! 你放心!"高萍拍着胸膛说。看样子,她有让红叶跟着她干一次的意思。

"别别……这坏良心的事可干不得! 萍子你也别干了啊!"红叶不敢再逗留,抱着表弟就上楼。

"叶子你有几年青春? 一把屎一把尿帮你姨带孩子,她几套衣衫就把你打发了,你傻不傻呀……"高萍不甘心,紧追几步。

红叶不答话,跑回去,关上门,抖着手把奶瓶的牛奶倒掉,洗了洗,烫了烫。看到小表弟追着个小汽车在房里跑来跑去,精神气儿跟先前一样足,她才松了一口气。

红叶虽说没答应高萍,可从此落下了心事,做事便有些马虎。每天看着小姨和姨夫光光鲜鲜地出门,光光鲜鲜地进门,还商量着要买新房,她心里不免有些酸,有些空。

再经过那个大橱窗时,红叶也不再扮鬼脸,跟别人一样,目不斜视,形迹匆匆。

红叶没有听到,她那样走过后,大橱窗会轻轻叹息。

成家

红叶的心事终于有了着落的地儿。小姨帮找的工作,让她到青云酒店客房部当服务员。

"萍子,正规公司正式工作呢。小姨说让我还回家里吃住。"红叶两眼亮晶晶的。

"喊！那还不一样是变了相的保姆？都是侍候人的活儿!"高萍不屑地说，"叶子，你得找个人家，才站得住。"

"我妈说在邻村看好了个人，听说那人家底还不错，养有几十头猪呢。"说这个，十八岁的红叶脸红红的。

"叶子，你也不想想你回得去吗？风吹霜冻日晒雨淋不说，那满屋的猪粪味你受得了?"高萍用红指甲掐一把红叶水嫩嫩的脸颊说，"瞧这花容月貌，想回去当那几十头大肥猪的白雪公主？每天拌猪食铲猪粪给猪洗澡刷毛，半夜三更起床给母猪接生……"直把红叶说得红脸变白脸。

高萍顿了顿，又说："让你姨找找，他们知识分子有层次，也干净。这事我帮不了你，我那圈子脏，那些男人都不是东西……都怨当初没听你劝做不坏良心的事……"高萍说着眼圈红了。

红叶搂搂高萍的肩膀。红叶知道高萍不是成心害人，她太想出去玩了，牛奶里掺的安眠药多了点儿，想让小宝睡得久一点……幸好被提前回家的李姨及时发现，才没出大事情。

"嗨！说我的事干吗？高萍搓一把脸说，叶子你心是干净的，身子是干净的，定要好好挑一个！咱们保姆也要对得起咱自己!"高萍这番话像把铁钩子，把红叶心底那份职业荣誉感生生给勾了起来。

然而，谁能想到呢？红叶的成家之路会如此漫长，从十八岁到二十八岁。再娇艳的花儿，也有枯萎的时候，人生中最美好的年华，就如风中柳絮，飘飘忽忽便没了影。红叶原先的鲜亮气色，说暗就暗了，脸上还隐约闪现出几粒小斑点。

要说红叶不招人爱，那可不公平。正如高萍说的，红叶文化不高但长得跟花儿般，性子好手脚勤快，不差追求者。三年前，红叶遇到了心目中的白马王子，小姨介绍的。两人爱得死去活来的，都见过双方父母了，谈婚论嫁了。可就在这关键时刻，出了意外。

那段时间，红叶负责的楼层，住进一位日本客人。日本人懂一点点中文，爱找红叶帮忙：水温调不好啦，电插头不合用啦，需要买烟买酒买地图……房里还要摆一束香水百合,一天一换,换下的那束又非要摆在走廊前头红叶那张弯柜子上,把走廊熏得香香的,把红叶的衣服也熏得香香的。日本人给红叶小费,见红叶坚决不要,就悄悄放入红叶的抽屉。

本来没什么事的,让日本人这么一弄,就有些说不清楚了。经过楼上楼下的口口相传,就更不清楚了。一个有几分姿色的外来妹,客人凭什么送花又给钱的,还不是靠钻人家的房间?谁知道在里面干什么?传到她的白马王子耳朵里,婚事就吹了。

失恋后,红叶一度消沉到极点,拒绝所有追求者。她花了三年时间,慢慢缓过劲来,抬头才发现早已是"门前冷落鞍马稀"。

最着急的,是家里的父母。跟红叶同年的红莲青葵她们,孩子都上小学了。就连高萍,都跟一个开火车的老实人过上了正经日子。老人能不急么?何况,红叶底下还有弟弟妹妹排队等着嫁娶呢。爸妈说:"有实诚的就定下,过日子就图安稳。当年养猪那个,如今有两三百万的身家了。可惜了。"老人下了最后通牒,二十八之前一定要嫁出去。

"叶子,明天跟我去见一个,网吧老板,钻石王老五!我还真不信!"高萍一拍桌子说,"长发上的波浪一抖一抖的。"

红叶苦涩一笑,扭头去望窗外,窗外是灰色的夜。星星点点远远近近的灯,把夜伸得很长很深,没有尽头。

"萍子,把那个乘务员说给我吧。"

"谁?"

"就那天,在你家楼下帮我扛苹果的那个,你家那开火车的同事。""他啊?四十岁的老光棍儿,闷葫芦一个!不行!他不配!"

"闷才好,花言巧语顶什么用?你打电话叫他来。"

"现在?零点一刻?来这里?"

"对。现在。楼下。"

在高萍不解而惋惜的注视下,穿玫瑰红酒店服的红叶一级一级下了昏暗的楼梯。

乘务员像截黑木桩立在大橱窗前。"我的事,你听说过吗?"红叶问。乘务员嗫嚅着说:"听高萍讲过一些。""你信吗?"红叶又问。"我……"乘务员蓦地跳起来说,"没关系,我不在乎的。"

"你信吗?"

"我不在乎,真的! 真的不在乎!"

"你信吗?"乘务员走后,红叶对着大橱窗问。"我不信。"大橱窗瓮声瓮气地回答。可惜红叶没听见。

红叶在二十九岁生日到来的前一天,把自己嫁了。

心里很美很快乐

于心亮

张满干活儿的工地，离家不算太远，逢年过节、春播秋收，都能争取回家一趟。屋里屋外忙活完了，张满就待在爸妈的坟头旁，悄声说会儿话。起初，张满是会掉一些泪的，后来就不掉了，嘴里默默咬着草根，说："爸妈，我和我弟好着呢，你们别记挂着，放心啊！"

弟弟张仓读大学，在挺远的地方，很少回家。有时候张满想念张仓，就打电话说："弟弟，你咋不回家一趟，让爸妈看看你啊？"张仓就在电话里沉默，说："哥，爸妈都死了，我回去有啥意思啊？"张满想说："你回家可以看看我啊。"可是张张口，没有说。

张满是个泥瓦匠，成天和泥水打交道，挺辛苦，但到了月尾，老板会开工钱，所以张满很满足。一拿到工钱，他就跑到银行往弟弟的卡上打钱。剩下的钱，张满就存起来，张满对未来有许多的想法……将来用钱的地方，多着呢！

张满每次给弟弟打钱，打的都不是太多，他想让弟弟知道赚钱的不容易。只有懂得了，将来踏入社会，才会知道珍惜生活。不过也有例外，比如到了弟弟的生日，张满就会给卡上多打两百元钱，然后在电话里祝弟弟生日快乐！弟弟也会说："哥，也祝你生日快乐！"

张满和张仓是脚前脚后的双胞胎，不同的是，弟弟当上了大学生，哥哥却当上了泥瓦匠。张仓上大学前,跪在爸妈坟前磕了三个响头,然后又给张满磕了一个,说:"哥,我知道你是故意让着我的。"张满就憨憨地笑着说:"没那回事。你是看小说看多了吧。"

张仓很少跟张满描述大学里的生活,张满也从来不问,只是说:"钱省着点花,不要跟别人比富,知道吗?"张仓总是嗯嗯地听着,有时候,听着张满温暖的叮嘱,忍不住就会哽咽。每当此时,张满心里就充满酸楚:"老弟,爸妈不在了,我不照顾你,谁照顾你呀?"所以许多时候,张满心里都充满无穷的力量,他舍不得吃,舍不得花,一门心思帮弟弟念完大学,将来还要帮着弟弟买房……张满的心里充满对未来无限的向往和神圣感,张满虽然每天很累,但感觉还是快乐的!

看不到弟弟,张满心里很想念。终于有一天,张满决定去看看弟弟,看看弟弟的大学,看看弟弟读书读得好不好。于是,他跟老板请了假,快乐地理了发,换了新衣裳,揣了一些钱,就去看弟弟了。想着弟弟突然看到哥哥来看他,是不是要美得飞上天?

大学校园很美,可弟弟不在教室里,也不在寝室里,张满找了个遍也没找到弟弟。弟弟哪里去了呢? 难道逃课了? 难道泡网吧了? 难道谈恋爱去了? 难道……张满想了无数个"难道",想得头疼,也没想到弟弟会去哪里,张满心里就填满了疑惑,开始烦躁。

天黑的时候,张满看见了张仓,他快乐地喊:"弟弟!"张仓愣了一下,梦游一般说:"哥,你怎么来了?"张满开心地说:"我来看看你啊。你干啥去了? 让我等了好半天。"张仓神色仓皇,说:"我……我自习去了。哥,你饿了吧? 我们吃饭去!"张仓在前面飞快地走,张满跟在后边,脸上的笑容渐渐消失。出了校门口,张满停住脚,看着张仓说:"弟弟,你这么急着带我出来,是不是嫌我这个农民工给你丢脸了啊?"弟弟张仓就愣住了,说:"哥,你……你怎么会这样想呢?"

张满冷着脸说:"弟弟,我辛辛苦苦供你念大学,你觉得容易吗?"张仓脸色暗了一下,抬起头说:"哥,我知道你很辛苦,我每天也都过得很累。每次收到你打来的钱，我都在想如何回报你的恩情，所以课余时间，我都出去打工。只有这样，我才感觉平衡一点。"

张满沉默了，他拍了拍张仓的肩膀，温暖地笑着说："弟弟，这次我来就是要告诉你，亲兄弟明算账，我现在给你的钱，将来是要还的。我这样做，你不会生哥的气吧?"张仓听了就长吁了一口气，说："这是真的吗，哥?"

张满说："嗯!"

张满依旧是每天出工干活儿，泥里来水里去很辛苦。每个月尾，老板发了工钱，张满还是第一时间跑银行给弟弟打钱。然后在电话里说："弟弟，你想吃啥就吃啥，想买啥就买啥，读书费脑，千万别亏待自己，反正钱我是借给你的，你不用觉得愧疚。"

放下电话，张满也想犒劳一下自己，就买一只烧鸡，再买一瓶啤酒，悠然自得地啃一口烧鸡，喝一口啤酒，望着远方的白云，想着弟弟在电话里轻松快乐的声音。这个时候，张满就感觉心里很美，很快乐。

壮脸儿

于心亮

　　陈思河干泥瓦活儿，一天能赚一百二十块钱，有时干包工，会赚得更多。倘若碰上刮风下雨天，不能外出干活儿了，陈思河就会待在家里，偎着热炕头，安闲地看看电视，或是睡个不苦不甜的小觉，顺便还能打个小呼噜什么的。因此，陈思河觉得自己的小日子，挺美。

　　陈思河手艺不赖，工友们对他都比较尊敬，都是陈师傅长陈师傅短地叫。陈思河听了，感觉挺壮脸儿。不过嘴上却很谦虚，干起活儿来也不偷懒不耍滑，脸上成天挂着笑。但让陈思河真正壮脸儿的，是他有个读大学的儿子，这让陈思河从心里感觉到自豪！

　　儿子打小学习不错，抱负也很大，说将来要做国家的栋梁之才！有时候尾巴翘高了，陈思河就会板着脸给儿子泼点凉水，说做人跟砌墙盖房一样，不能太急躁，需要灰浆干透了才能继续往上砌，要不然，房子就塌了……儿子对陈思河的言论，大多时候不太服气。

　　不管服不服，陈思河都经常教导儿子，说做人要踏实，眼光要长远。比如说吧，当儿子读高中的时候，陈思河就给儿子盖好了新房。

　　儿子读完了大学，说，要留城里。

　　陈思河心情复杂，坐在门槛上叹了口气，说不出是高兴还是不高兴。挥着扫帚把儿子新房里居住的麻雀们赶走，陈思河想着要重新做计划了，比如,将新房子卖掉,卖掉的钱给儿子攒着;再比如,从今往后,自己要继续努力赚钱,帮着儿子在城里安家落户!

自己干泥瓦活儿,却无法在城里给儿子盖新房,陈思河感到很憋屈!

陈思河跟工友们谈论起工钱,大家都说低,可真要去跟工头提意见,却是你推我我推你的。陈思河说:"你们都不去,那我去!"说完就去找工头。工头坐在凳子上喝茶,看见陈思河,说:"陈师傅,有事?"陈思河说:"没事,就是想找你坐坐。"工头说:"坐吧,站着干啥?"

陈思河坐下了,就叹息儿子留城里,可城里房价太贵。工头听了也跟着叹息,说城里房价贵的原因很多:地皮贵、材料贵、水电贵……就连工人的工钱,也十分贵! 咱们这些泥瓦匠,每天工钱就一百二十块钱,你说说,要是再往上涨的话,老百姓还怎么活?

陈思河听了,半天说不出话来。工头说:"陈师傅,你找我肯定有事。你跟别人不一样,有难处就说,我只要能办到的,肯定帮你办!"陈思河迟迟疑疑地站起身,摇摇头说没难处。工头扔过一盒烟,说:"陈师傅,你儿子留城里,真是给你壮脸儿,将来你就等着享福吧!"

陈思河装作气呼呼的样子回去,工友们围过来询问,他没好气地说工头没答应! 工友们就嬉笑起来,说,就知道工头心黑,去找肯定没戏的,被说着了吧? 陈思河心里纠结极了,他原本想将工头给的烟匀出来抽,可看到大家伙儿的样子,还是得了吧!

儿子从城里回来了,跑到工地来看老爸。陈思河感觉很壮脸儿,给工友们介绍说:"这是我儿子,刚从城里回来!"工友们很羡慕,问儿子在城里干啥。儿子说做保险。工友们问:"工资多吧?"儿子说:"底薪八百,加上跑保险的提成,一个月大概能赚一千五百块吧!"

工友们就笑,说:"大学生的工资竟然没我们打工赚的多? 不会吧?"

陈思河也笑,让儿子回家去。儿子却不,认真地跟大家讲:"你们干这工种太危险,最好每人能办一份意外伤害保险,否则将来一旦出了事……"工友们怔了怔,随后就嬉笑着说:"你还是先让你爸办份保险吧,将来一旦你爸出了事,你就不用负担太多医疗费了!"

陈思河听了,脸上挂不住,勉强笑着说儿子的主意不错!儿子飞快地填写了一份保险单,朝陈思河伸出手。陈思河说:"干啥?"儿子说:"你给我保险费,我好尽快交上去,让保险单生效啊!"工友们都笑起来,说儿子真孝顺。陈思河苦笑着说:"好好好……"

陈思河想跟儿子说说话,儿子说要去亲戚家跑保险,要是这个月的任务完不成,自己就要被炒鱿鱼了!工友们问陈思河,说:"你辛辛苦苦供出个大学生,毕业了,赚的钱还不如咱们打工赚的多,你说供大学生究竟有啥意思?"陈思河想说"你们懂个屁",可最终啥也没说。

下了工,工友们骑着摩托车突突地走了,剩下陈思河哐啷哐啷骑着破自行车在后面紧撵。骑着骑着,陈思河就骑出愤怒来了:"是金子早晚会发光的。只要有知识,只要有勇气,我儿子早晚会超过这些打工的……"可就在这时,咣的一声,陈思河被车撞了。

肇事车跑了。陈思河被工头送进了医院。工头说:"陈师傅,我先替你垫付一点医疗费吧?"陈思河说:"不用,我儿子给我保了险,自有保险公司来给我担负!"

过了好一会儿,儿子急匆匆赶来了,大声喊:"老爸,你这么急着撞车做什么?保险费我还没替你交呢!"

大柱回家

安晓斯

大柱躺在医院的病床上,对来看他的工地老板说:"我没事,老板,你放心。"

"有啥要求,你尽管说。"一脸和善的工地老板拉着大柱的手说,"大柱啊,你跟我在工地干了十多年,白天干活儿,晚上看场,是我的亲兄弟啊。没有你,就没有我的工地,有啥想法只管说好了。"

大柱听了,泪水唰唰地往下流。他紧紧地拉着老板的手一个劲儿地点头。

那天晚上,大柱在工地看场,发现两个盗贼来偷东西,就提着看场用的钢管,一边高声喊着,一边迅速追过去。那两个盗贼见只有大柱一人,就和大柱打起来。一个盗贼对着大柱的"命根子"狠劲儿踢了一脚,另一个盗贼用钢筋棍对着大柱的腿猛地打了下去。等工友们赶过来,两个盗贼已仓皇逃走,所幸没丢什么东西。

当天晚上,老板就把大柱送进了医院。大柱的腿被打断了,"命根子"肿得厉害,可大柱硬是咬着牙挺着。大柱今年四十多岁了,还是光棍儿一个,在工地干活儿是个好手,人缘又好,大伙儿都叫他"柱哥"。白天他和大家一起干活儿,晚上就在工地看场,一年四季,无怨无悔,老板对他特别器重。

老板说:"大柱,眼看就要过年了,估计你也回不了家了,有啥想法,就说吧。"

"没啥,没啥。"大柱说完,眼里满含着泪水。

"过年用的东西,我让人买了,已送到你家。我还安排了一个女工到你家里帮你老娘干活儿,你放心好了。"老板说,"你在这里安心养病,工资照发,过年的福利和补助一点不少。"

大柱听了,激动地握着老板的手说:"老板,你对俺真好,俺一生不忘你的恩情。"

"你是俺亲兄弟啊,大柱,还有啥要求就说。"老板私下里听医生说,大柱的腿过几个月就会慢慢恢复,可他的"命根儿"怕是不行了。停了一会儿,老板又说:"过些日子,俺想法给你找个老婆,总不能一个人过一辈子吧。"

大柱低了头,泪水一个劲儿地往外流。见老板是真心问他,就说:"老板,俺有个想法,不知道该说不该说。"

"你说,你说。"

"俺十岁时爹就没了,是俺娘一把屎一把尿把俺拉扯大,俺不能忘了娘的恩。"大柱说,"要过年了,俺只有一个想法,坐坐你的小轿车回趟家,给俺娘磕个头就回来。"

老板听了,眼泪唰地涌出来:"行,行,咱明天就回家。"

第二天一大早,老板亲自开车来接大柱。两个工友搀着大柱上了车。不一会儿,老板的轿车在他干活儿的工地停了下来。

大柱说:"老板,咱不回家了?"

"回,回,一会儿就走。"老板说。

就在这时,大柱被眼前的情景震惊了。

正在建设的五层大楼的脚手架上站满了工友,他们挥着手大声地呼喊:"大柱,大柱,早点出院,早回工地。"

大柱还看见,三楼的脚手架上,工友们在用过的水泥袋上,用白灰歪歪扭扭地写着这样几个字:"大柱,我们的英雄。大柱,我们的兄弟。"

大柱的鼻子一酸,泪水倏地模糊了视线。

"谢谢弟兄们。"大柱边哭边喊。

"柱哥,回家也替弟兄们给咱老娘磕个头。"脚手架上又一次传来工友们的喊声。

大柱再也克制不住内心的激动,哇哇大哭起来。

三个异乡人

谢友鄞

　　我没有想到,在省城处理稿件事宜,待的时间不长,还会和老嗑黏糊上。世界上很多事情是无法预知的,好像冥冥之中,上天早已给你做了安排,时候到了,跟你有关的那个人就该出场了。

　　那天,我去迎宾馆看一位客人。我是乘公共汽车去的。一个抱着孩子的少妇,在我前面上车。车里人不少,挤得满满的。一个小伙子穿着灰工作服,怀里抱只帆布袋,量尺、线坠、钢钎、泥抹子等工具探头探脑地露出来。小伙子站起身,给抱着孩子的少妇让座。少妇心安理得地坐下,不但没有任何感谢的表示,反而皱了皱眉,下意识地露出轻蔑的神情。青年民工很敏感,盯住少妇,直盯得她浑身不自在,她怒问道:"你要干什么?"

　　青年民工微笑着,轻声道:"小姐,我在等你说谢谢!"

　　少妇有点儿惊讶,撇撇红嘴唇,扭脸朝向窗外。周围乘客不解地瞅他。我却对小伙子感兴趣了。我们同在宾馆站下车。我主动打招呼。小伙子说:"在车上时,你的眼神跟别人不一样。"

　　我说:"你非要那个谢字吗?"

　　小伙子竟轻轻叹口气,说:"我们乡下人,讲究知恩图报。"

　　我这个人,好联想,思维跳跃性强,马上想到刚看到的一个故事:1926年,穷困潦倒的戴笠报考黄埔军校,身上的钱花光了。那天正下大雨,有人随手送顶斗笠给他,并帮他付了旅馆的欠费。这个人就是后来的"军统"高层徐亮。为纪念这段友情,他改名为戴笠。戴上斗笠,终生难忘,连特务头子都懂得感恩。我赞扬青年民工:"你虽然没有等到一声'谢谢',但维护了自己的尊严。"

小伙子仿佛遇到了知音。听说我去宾馆,说:"我叫老嗑,去宾馆后面的工地干活儿。我对象叫够玉,常去宾馆附近的老街,她有'丽人卡'。"

瞧,这又使我意外。在精英人士喜欢光顾的老街,经常出现漂亮的女模特和在校女大学生。她们手中持有"丽人卡",在酒吧、餐馆喝酒聊天,花销免费,还能赚钱。有的手上有几张卡。去这些地方,店里一次给五十元到一百元,也有按月付的。刷丽人卡要自己签字,电脑里有持卡人照片,只能本人用。她们玩得开心,买衣服不愁了,下舞池风情万种。原先,店里人气不是很旺,靠丽人们光顾,生意渐渐火爆,美女经济嘛。而且,哪个酒吧给的酬劳高,喝的酒好,她们就去哪里。很快,她们常去的地方,越来越火。想想吧,别的酒吧普普通通,但有个酒吧模特特别多,都是美女,当然吸引人来光顾了。在校女大学生去酒吧,叫"炒场",有些还签了合同。在酒吧有什么收获? 认识了许多朋友,都是社会上有些本事的人,懂的事情多了,觉得自己成熟了。当然,也有男的跟在身边,蹭来蹭去。坐下休息时,有人端着酒过来,有时两个男的同时过来,想搭讪同一个酒吧丽人,结果吵起来,还动了手。我问老嗑:"你的对象,够玉,是……"

老嗑说:"我们一个村的。她从乡下考进城,在念大专。"

"哦。"我觉得滋味复杂,一时无言。

我在迎宾馆改稿子,晚上休息,去老街,路灯似流水在石板路上波波闪闪。我看见许多青春美少女,哪一个是够玉呢? 一张露天台球桌前,几个小青年和小喇嘛在挥杆,将一枚枚硬币砰砰地拍在案子上。有个小喇嘛,失了球,嘴里咝咝呵呵像牙疼。有两位信天主教的中年妇女,低着头,垂下眼帘,画着十字,匆匆经过,向民国年间建起的教堂走去。钟声响了,一下一下悠荡开。老街,似中西合璧的摄影棚。我饶有兴味地逛着,眼睛一亮,一家装饰典雅的酒吧玻璃窗前,老嗑和一个女孩并肩坐在一起,双双望着窗外。我走进去,老嗑拉女孩一把,站起身,招呼我,显得格外亲切。我笑道:"够玉。"

女孩一点儿也不意外,含笑向我点头。

我在他们对面坐下,要了杯咖啡,说:"你们喜欢这里?"

老嗑说:"我头一回来,开洋荤。还是家里好。"仰起脸一笑,又说:"我不像别人,盘腿坐在炕桌前吃饭。我在灶间吃。锅底炖土豆,锅帮贴大饼子,蒸汽蹿圆后,掀开锅盖,人裹在白雾里了。我蹲在灶台上,揭下一张大饼子,金黄嘎巴,弹弹,噗噗响,一口咬下去。我不用碗,锅就是碗,把筷子探进锅底,戳起土豆,一仰脖儿,就叼进了嘴。"

真是个话痨。我笑道:"俯仰自如啊。"

这时,一个中年男人走向吧台。我被他的手吸引住了:中指和食指又细又长,竟一般齐,像钳子。吧台伙计递给中年人一碗酒,问:"钻地道了吗?"

中年男人抿一口酒,说:"我刚下公共汽车,开了个天窗。"

那两人,没想到我懂这行话,裤兜叫"地道",上衣兜叫"天窗"。怪不得,中年人的手,是天生夹钱包的料儿。老嗑也注意到了,俯身对够玉道:"钳工。"

够玉低头啜饮咖啡,好像没听见。

吧台伙计朝我们一努嘴,说:"大鱼。"

老嗑嘴角泛起冷笑。

中年男人撂下空酒碗,扭身出去,经过我们这桌时,够玉头都没抬,倏地将背包一拨,转到胸前。"钳工"摸鱼儿一样的手,落空了。吧台伙计暗吃一惊。够玉直起上身,挺起胸膛,脸上露出迷人的笑——人钓鱼,鱼也钓人。中年男人收起"钓竿",背着手,悻悻地出去了。

老嗑走到吧台前,逼视伙计,咬着牙,迸出俩字:"黑店!"

吧台伙计谦卑地微笑,不搭腔。

够玉挽住老嗑的胳膊,说:"哥,咱走吧。对经过咱们身边的人好点儿,下辈子不一定能遇见了。"

我们走出酒吧。三个异乡人,走在灯火疯狂乐声疯狂的老街上,心情好极了。

干洗店的女孩

张海龙

    人靠衣装马靠鞍。一件衣服里裹着一种命运。而人,有时不过就是这么一个空壳。

    那个女孩从乡下刚来到省城的时候,脸蛋是"红二团",指头像胡萝卜,操着一口半生不熟的普通话,在一家干洗店里找了一份工作。相比较到人家里去做保姆或是在饭馆做服务员,这份活儿看起来既体面又轻松。干洗店里成天蒸汽升腾,有股子很好闻的湿乎乎的味道。那些质料很好的衣服洗干净后整整齐齐地挂在半空中,总让人去想象被衣服裹着的那些身体都是什么样子的。现在的城里人都讲究着哩,衣服上明明没什么土没什么灰也要拿到这里来干洗一下。洗一件衣服十好几块钱,一碗牛肉面一块八,能连吃好几天呢。

    以前,她在家里时,手里握的是农具的木头把,现在她手里擎着一只晾衣竿把那些衣服挑来挑去,不见风雨不晒日头的,慢慢竟找到了一点城里人的感觉。城里人总是干干净净的,穿衣服舍得花钱,人前总要给自己争个面子。洗衣店老板的眼睛很毒,一眼便能说出送上门来的这件衣服是几千块的,那条裤子也得好几百块。轻易都不让她上手,说是弄坏了赔不起。

    起初,她心里也惴惴的,生怕自己的手一摸那衣服就会起皱。可是,她发现店老板并不是一个实在人,打着干洗店的招牌,其实却不过是买一个干洗机空壳回去充门面,你听见机器轰鸣,但那不过是穿了"外衣"的普通滚筒洗衣机在工作。洗完了,使劲烫,衣服平展了就没人看得出是湿洗还是干洗的了。城里人撒谎成了习惯。她有一次看到老板从一件送洗的西装里掏出人家遗忘的一沓钱来,却大大方方地对顾客说口袋里啥也没有。

老板让她住在店里看门,每月还要从工资里扣掉一百块钱。到晚上,她好奇地挑几件好看的衣服穿在自己身上,在镜子前面转过来转过去地照着,发现自己穿上高级衣服以后就和城里人没啥两样了。再后来,她索性每天晚上穿着那些漂亮衣服出门,居然就有很多男人挤挤挨挨地上前搭话或是三步两回头地看个不停。许多个这样的晚上过去了,那些陌生而高贵的衣物把她身上的乡土气一点点打磨掉。除了那些露怯的粗笨手指,除了那些偶尔发出的乡音,无论谁都把她当作一个城里女人来看待了。

她过着双重生活,白天黯淡,夜晚不朽。她甚至开始出现在这城市里的一些娱乐场所,自然,身边少不了一些埋单兼买醉的男人。她也学会了调笑,学会了漫不经心,学会了言不由衷,学会了暗示给那些男人某种可能但不让这种可能变成现实。她的身体在那些衣服里有了另一种生长的方向,每一件她上身的衣服都像是有了魔力。

她的隐秘生活被洗衣店老板偶然撞破,威逼利诱下,她从了这个总把几缕头发用发胶固定在头顶一侧的老男人。一来二去,她竟有了身孕。老男人拿出几百块钱,让她把孩子弄掉回老家去。她的心早已被这城市训练得坚硬起来:某个夜晚,她把那些衣服全都塞进掩人耳目的洗衣机滚筒里,然后塞进一堆破砖头。接着,她把店里所有的熨斗都插上电源,站在门外,一直等到火光升起……

黄河水鬼

张海龙

记不清这人的名字了，只记得是一个红脸膛、矮墩墩、走路有些笨拙的中年汉子，是那种西北农村里常见的男人。放到人堆里，转眼就忘掉，实在长得太普通了。但是，见过他那种游移不定的眼神，却再也不会忘记。那眼神里有一种非同寻常的东西，像是来自另一个世界，夺人心魄。此人号称"黄河水鬼"，每日在黄河里打捞尸体。

西北人争吵到不可开交的地步，就会生硬地给对方撂上一句："跳黄河去啊，黄河又没有加盖子！"

每年都有许多人投河自尽。当然，也会有那些不慎落水被浊浪卷走的性命。一个人不见了，亲人们会四处寻找，黄河是一个可疑的去处。"黄河水鬼"的捞尸生涯由此展开。他居住的村庄就在黄河边，一个水流放缓的河湾处。上游冲流下来的尸体会在这儿撞到河岸上，暂时延缓向下的速度，为打捞提供了便利条件。他的水性很好，工具只一羊皮筏一木棒而已。下河前，他用一根麻绳将自己拴在羊皮筏上，人在河中挥臂斩浪，向发现的目标物而去。到尸体跟前，就用木棒一下一下将其推至岸边，用绳子系牢，等待那些在他这里挂号的人来认领。终年在黄河浊水里挣命，他的头发里似乎堆满了泥沙，皮肤也是一片纯正的土色，就像是直接从地里长出来的一样。

他是职业捞尸人，可以证明这一点的是他从这项活计里能得到收入。

　　跳河的人被水浸泡的时间长了，都会鼓胀变形，惨不忍睹，软化的身体也不堪触摸，即使是亲人也不愿将尸体亲手入殓。他会接手这个项目，用塑料薄膜将尸体层层缠裹再用白布裹紧，装入备好的棺材，在村头空地火化，最后把一捧骨灰交给死者的家属。这套活儿，再加捞尸，他收取一千元的费用。对于无人认领的那些尸体，他也会支起火堆来焚烧。据村里人私下里说，他炼出的人油也能卖个好价钱，因为人油是治烧烫伤的特效药。这个相当奇异的行当他干了三十多年，而他的爷爷和父亲也是黄河捞尸人。凭这营生，他盖了一院青砖瓦房，在村里算是富裕人家。但他的房子建在村外，孤零零的一幢。他在村民中不受欢迎，说是他身上有一股邪气。他特意在院子里立了一根木杆，上面挂了一面镜子，说是辟邪。

　　对"黄河水鬼"这个绰号，他不喜欢。他说，黄河里是有河神的，我怎么敢做鬼？

　　有一次，他说在河里捞人时撞见一条门板大的鲤鱼。他一时邪火上头，拿木棒狂击鱼背，瞬间河水翻腾，浊浪滔天，他拼出性命挣扎才上得岸来，鱼却无影无踪。

　　他坚持说那鱼就是河神的化身，我们听了谁也不信。

算命村

张海龙·

　　蛮婆子村又称算命村,地处甘肃兰州永登县薛家湾。该村以出会看手相的老婆子出名,因为这些老婆子在过去的年月里经常闯上门来硬要给你算上一卦。凭着人们对蛮横命运的惧怕心理,老婆子们也能收入些散碎银子,但同时也就得了个"蛮婆子"的绰号。

　　蛮婆子村在人们的传说里早已经走形变样,有的说它是中国的吉普赛部落,有的说这里的人算起命来个顶个都是活神仙。传说中的薛家湾人是这样的:男女老少对占卜术都不陌生,很多人近乎"半仙",能掐会算。新中国成立前,没有地种的薛家湾人常年成群结队,出外流浪,以占卜算卦和看手相为生。他们一般从农历二月出门,游走四方,足迹遍布甘肃、宁夏、青海、新疆等地,走到哪儿算到哪儿,快过春节时才回来。为了不使手艺外泄,他们从不与外人通婚。

　　关于算命,有句最经典的话叫作:你不用算命,命早就在算你。

　　把这话放在蛮婆子村的整个背景里来说,就在空气中制造了许多传奇。有故事说,某年某月某日,村里来了一个大官,没坐轿车,没带秘书,没提黑颜色很有派头的公文包,径自来到村上手艺最好的老高处探问前程。当然,他没说自己是一个大官。可老高一眼扫过,便判定了来客的身份。但是,老高只是沉默,眼光只是来回扫着那人的脸,不说一个字。那来客很急,不知自己的命里究竟藏着多少硬伤。整整一个下午过去，老高最终只吐出一句话：你的命，可看不可说，凶多吉少。果然，那人回去没多久就出事被抓，两手被铐上的时候，吓得尿了裤子。

另有故事说，某年某月某日，村里来了一个南方口音的瘸子，衣着寒酸，但一心探问的只是自己的财运。另外一个手艺也很好的高老婆子看了他的手相，沿着他掌心里一条蜿蜒而去的纹路，指明他的财运在本城的东部，玄机就在他不能两条腿走路，必须集中全力单向发展，从最小的事情做起。也是果然应验，那南方人后来靠批发纽扣挣了大钱，建起了一个大型的布料批发市场。

这些故事的真实性其实无从考证。命运的不可捉摸增加了这些故事的神秘性，也让蛮婆子村声名大震。但是，人们最常质疑的也是一个最简单的问题：那些算命人自己的命运何去何从？他们算得了自己的命么？如果能，何不就此升级做更大的事业？如果不能，凭什么要对别人的命运说三道四？当然了，这尘世上活着的大多都是些俗人，他们对这些算命人的种种猜测也许完全是一种妄言。俗人们总是对自己不清楚的事情说三道四，无知者无畏，这也是一个例证。

现在，村里的算命人越来越少了。毕竟这是一门貌似高深的手艺，不多背几本卦书不多学点东西，还是不敢轻言妄语的。村里那些正在长成的孩子们，早从电视上见识了外面的华丽世界与热闹的生活，连蹿带蹦地全进了城。

老高的儿子，现在就在城里一家很有实力的单位当保安，月薪八百元，他很满足哩。他说，那单位的头儿来找过他爹算命，自己的体面工作就是这样得来的。

这也是命。

那年中秋

秦·辉

我中专毕业后,因为不满所分单位,于是辞职自己出去闯荡。所谓的闯荡,就是给人打工。我和两个好朋友到了省城,找了一家电子厂暂时落脚。

出来时雄心勃勃,可事实并非所愿。一周后我们出徒,觉得又累又紧张,跟老家的工作差得太远,我们三个都有点动摇了。下班后,想家又觉得无聊,就围着厂区漫无目的地乱转。

那天,我们转到厂区的东北角,发现那里有一间孤零零的房子。里面一张小床,靠门一张桌子,好像还有锅碗瓢盆什么的。我们从窗户向里张望,不想身后传来说话声:"姑娘们,进去坐坐吧。"我们忙回头,是一位老人。大约六十几岁的年纪,佝偻着身子,穿件军装样的草绿上衣,他手里拿着扫帚,肩上扛着铁锨,像是清理卫生归来。他一边说着一边打开房门,我们发现他的腿有毛病,走路一瘸一拐的。

我们三个好奇地跟着他走进去,屋内虽简陋,但收拾得却干净。他洗了把手,然后走到一个小木橱前,掏出一串钥匙打开中间的锁,从里面拿出三个已经发蔫儿的苹果,递到我们各自手中:"姑娘们尝尝吧,是从我老家带来的呢!"我们忙推:"大爷,我们刚吃过饭,不吃,不吃。"他听到我们说话,眼睛一亮,急急地问我们从哪里来的。我们说是滨州。他又问哪个县哪个镇哪个村,我们说出来后,他激动地变了声调:"咋这么巧,咋能这么巧呢?咱们是邻村,是邻村呀。"

在接下来的聊天中我们才知道,老人的老家跟我们村就隔着一条河。他无妻无子,就一个人,以前自己种地,后来侄子做了建筑公司经理,就让他跟着施工队干零活儿,打扫卫生啊看看货场材料什么的。我们这家电子厂扩建,他就跟着来到了这里。

老人说,他已经十二年没回过家了,侄子有时托人给捎些东西来。这不,前几天就捎来了苹果花生玉米和面呢。他舍不得吃,一直锁在小木橱里。我们说:"大爷,反正回家也是您自己,倒不如在工地清闲呢。"他的脸色暗下来:"姑娘,你们小,不懂得老人的心思。唉,整整十二年没听到咱家乡话了,那种滋味啊,平时还好,可是逢年过节的,想家啊。"我不解地问:"大爷,既然这样,您怎么不跟他们说说,回家去看看呢?"他露出一种很复杂的表情,似有难言之隐。我没再追问,看天色已晚,我们跟他道别回了宿舍。

从那之后,我们经常去老人那里坐坐,谈论老家附近村庄的人和事。虽然,我们三个初中毕业后就出去读书,对家乡的事情知之甚少,但从些许乡情中也能感受到亲切和温暖。有时,老人也特意叫我们过去,做些好吃的,比如炖排骨炒笨鸡。我们去时也像走亲戚一样,拎些水果或是食品。我们有时冲他发发牢骚,想辞职回家去。他就会一脸正色地劝我们,说年轻时千万不能怕吃苦,要多学多干,凭自己的本事吃饭。每次说到这里,他都会长长地叹一口气。

中秋节快到了,姐姐打来电话,问我回不回家。我说单位可能不放假,就是放假,来回这么远也把时间浪费到路上了。姐姐说不回就不回吧,在那跟同事好好聚聚,吃顿好的。我说是啊,这里还有位老乡呢。我说起了那位老人,姐姐很惊讶地问我,那个人是不是腿有毛病啊?我说是啊。姐姐很焦急地说:"你在外上学不知道附近的事儿,我告诉你,以后千万别跟他来往了,那不是个好东西!"

原来他年轻时好吃懒做,家境又不好,到四十多岁还是光棍儿一条。有一年,他在庄稼地里调戏邻居家的新媳妇,被人家丈夫打折了腿。在村里待不下去了，他侄子就替他找了现在这个差事，这十几年就再没敢回过村。

临了，姐姐一遍遍地嘱咐我，千万别跟他来往了！

我跟两个好朋友说了，她们都说幸亏知道了，不然……

我们再也不去找他，甚至想到他就觉得恶心。看到他，我们就远远地走开。他曾到宿舍来找过我们几次，都被拒之门外。

中秋节那天，大多数工友都回家了，吵闹的厂区一下子冷清下来。宿舍里，我们三个面对单位发的月饼和苹果，都有点伤感。突然响起了敲门声，他的声音传了进来："姑娘们，我知道你仨在呢，今天是中秋，在咱老家，这个时候可都在天井里烧纸拜月呢。我提来了月饼水果，咱一起过个节吧。"我们都没吱声。他等了会儿，又说："我把这些先放门口，拿烤鸭去。"窸窣的方便袋声响过后，是渐渐远去的脚步。我们慢慢走到门前，听听外面没动静，打开了门。台阶上放着四五个满满的方便袋，有月饼、苹果、花生、山楂条，还有火腿、饮料。他住的东北角离宿舍区大约有两公里，他一瘸一拐的不知是怎么拎来的。我们都说："他是用这些好吃的来引诱我们呢，这个老家伙真没安好心。"我说："咱们给老家伙扔了吧。""好，扔了。"我们提起方便袋远远地扔出去，东西乱七八糟撒了一地。我们哈哈大笑，飞快地回到屋里，撩着窗帘向外瞧。

他来了，走起路一高一低的，手里又拎了两三个方便袋。走了几步，他一下子停下了，呆在那里，好长时间没动一动。然后，他蹲下去，一包一包地捡着地上的东西，蹲下去，站起来，然后再蹲下去，再站起来，捡了挺长时间。我躲在窗帘后面，腰都有点酸了。

这时，月亮已经升起来了。

他终于捡完了，把几个方便袋系起来，搭在两边的肩上，双手一边又拎起两个。

他蹒跚地站起身，朝我们这边望了望，在苍白的月光里，一瘸一拐地走了。

朋 友

秦·辉

我一定要去看刘长青,一定。

每天我上班路过一个建筑工地,总会看到一群戴着安全帽的民工,他们三三两两,有的斜叼着烟,有的哼着小曲儿。看到他们,我就会想起刘长青。想他正于某一个城市的角落里混迹在这样一群人中间,休息的间隙,掏出手机写上几句问候,低头想想然后摇摇头删掉,再然后望着天空,想象一个叫秦辉的名字和一座称为滨州的城市。

我有好久收不到刘长青的街头小景画了。

我决定去看他。

我上街买了好多土特产,给他妻子买了一套我用着不错的化妆品。他曾在信中说他妻子是附近几个村里最俊的姑娘,好多小子做梦都想娶呢!我问:"那你咋把她糊弄到手了?"他说:"还不是咱长得黑?"

给他儿子带什么呢? 刘长青的儿子叫康健,他说取这个名字就是希望儿子能健健康康平平安安。我说那直接叫健康多好,他说那多俗,倒过来显得咱有文化。他总是那小子那小子地叫,他说那小子特聪明,长大了肯定比他强。他说那小子吃得特多,像头小狮子。他说那小子长得壮极了,跟个小老虎似的。我没见过刘长青,但见过他的照片。在长春火车站拍的,红毛衣,黑青裤子,站在一个枯败的花坛前。脸很黑,一本正经的。

爱人建议我给孩子买套运动装,算来他儿子该上高中了,我说穿着不合适怎么办? 爱人说买大号的,应该没问题。我去李宁专卖店,买了一套黑白相间的秋装,外加一个淡绿色的旅行背包。

火车是傍晚的,夜幕在窗外渐渐拉开。放好行李,我从包里取出一封信。

刘长青是个民工,是我结交了十七年的笔友。他寄给我的信发自祖国的大江南北,而且信纸每次都不同,有时是孩子用的作业本,有时是工地记账用的页面,有时是一个皱巴巴的香烟盒,还有一次是在街上撕的广告纸。他喜欢画画,而且有些天赋,他的信中常捎带几张素描或是涂鸦。

我记得最清楚的一封,他这样写道:"我刚从街上回来,我们站在街头,像货物一样被别人挑选。我这货质量好,被挑了两次,一次是帮人刷漆,一次是给人扛白菜。"

现在,这封信就拿在我手里。再读这些熟悉的句子,我的心隐隐作痛。

我一直帮不了他,对此,我深感愧疚。他说:"你能听我乱七八糟地瞎说,就是帮我。"

刘长青长年奔波在外,只有麦收和春节时回家。今天是芒种的第七天,他肯定回来了。

火车到了县城,换乘客车,这条路线是我根据刘长青信封上的地址打听到的。到那个叫刘家庄的村子时,已是中午。太阳高照,我走向一户人家。一位敞着衣襟的老太太坐在门洞里摇着蒲扇。她说,康健他爹娘这会儿在田里做活儿呢,只有康健在家。

根据她的指点,我拐过两个胡同来到一座土屋前。

房子很破,土坯垒的。院子里有两只羊啃着草,靠东墙边开出一小块菜畦,里面种着丝瓜、扁豆、生菜还有一棵葡萄树。

我走进去,屋里收拾得很干净。墙上挂了一些相框,有一张结婚照,刘长青搂着一个穿红衣服的女人。女人梳着短发,大眼;脸上一块紫色的胎记从左眼一直到下巴,嘴巴有点儿歪斜,但笑得很甜。还有一张,就是寄给我的那张,长春火车站,刘长青站在花坛前,红毛衣,黑青裤子。

东面是一座大炕，炕上躺着一个男孩，好像是睡着了。他软软地倚在炕背上，嘴角流着口水，两条腿僵硬地伸着，那腿细得不成样子。

我悄悄退了出去。回到家，我把衣服和化妆品都仔细地折好，打成邮包。在写下收件人刘长青的名字时，我的泪水流了下来。

被风吹过的夏天

何君华

　　说起来那台电扇还是何小军和万小霞唯一的共同财产。

　　那是两年前的夏天,他俩一起来北京时买下的。他俩租住的小出租屋实在太热,跟个火炉似的。尽管他们当时刚来北京立足未稳,而且身上带的钱也花得差不多了,但他俩还是一咬牙合买了这台电扇。当时花了多少钱现在已经想不起来了,反正不便宜。因为就为了这台电扇,他俩连续吃了一个月的泡面,两人甚至还合吃过一碗泡面。

　　那个晚上,何小军永远都记得。眼看着纸箱里只剩下最后一袋泡面了,他俩谁也舍不得吃,都借口说自己在外面已经吃过了。他们哪里舍得花钱在外面吃饭啊!谁都能看出对方是在骗自己,只不过是想把泡面让给对方吃罢了。两人僵持着谁也不肯吃。最后,还是何小军提议说:"要不,我们两个一人吃一半吧!"说着,何小军和万小霞不约而同地大哭起来。那个晚上,万小霞吃完泡面吹着电扇就在何小军的床位上睡着了。何小军看万小霞睡得那么香,也不忍心叫起她,就兀自趴在桌子上挨了一宿。

　　是的,何小军和万小霞分别只租了一个床位。他们哪里租得起单间呢?就是一个床位,一个月也得四百块啊!何小军住在二楼东侧,万小霞住在二楼西侧。他们房间的格局都是一样的,不到十平米的一间小屋子里,安放了上下两层四张单人床,每人有一只很小的储物柜,四人共用一张长条桌,除了床,连坐的地方都没有。说起来,条件比高中学生宿舍还差。

这就是他们在北京的家。每天晚上下班回来之后,他俩就挤在何小军的房间里煮泡面吃。房东是一个很抠的人,不准他们费水费电在家里做饭。除了每天中午能在公司那边吃一顿米饭外,他们的唯一的食物就是泡面。为了省钱,他们早上都不吃饭,饿着肚子去上班。每天晚上回到家吃泡面的时候,他们都是狼吞虎咽的。万小霞喜欢吃辣的,每次吃泡面的时候都要加满满一勺辣椒酱。电扇呼呼吹着,泡面呼呼吃着,这是他们一天中最幸福的时光。

何小军很少去走廊对面的女生宿舍。倒是万小霞大大咧咧的,经常趿着拖鞋跑到何小军的房间来。每天晚上八九点的时候格外热,他们租住的地方在中关村附近,外面车流声人流声沸沸扬扬,汗水不停地往外冒,谁也睡不着。奈何电扇只有一台,何小军总是把电扇搬到万小霞的宿舍去,自己拿着一本过期杂志一边扇风一边硬着头皮睡,往往到了半夜还睡不着。

时间过得真快呀,眼看他们来北京之后的第三个夏天正在火急火燎地赶来,他们又要开始共享电扇的时光了。说实话,何小军还挺怀念去年夏天他俩一起在电扇前吃面的日子呢。

可是,就在上个星期,何小军开始独享这台电扇了。万小霞公司的贲总开车把她接走了,之后贲总送她回来拿过一次东西。之后,万小霞就再也没有回来。万小霞搬走之后,把这台他俩合资买的电扇留给了他。一个人坐在电扇面前吃泡面的时候,何小军总感觉少了些什么,心里空落落的,不得劲儿。

何小军也许是适应不了这样的生活吧,他决定要离开了。明天中午,他就要踏上南下的火车去深圳了,他有一个表哥在深圳开广告公司,家里之前已经联系好让他过去。

最后一次躺在这间他已经住了两年的出租屋里,天气还是一如既往地热,他坐起来开电扇。接通电源,按二级风,可是电扇并没有转动。他重新检查了一遍电源,电扇还是纹丝不动。

电扇肯定是坏了。何小军躺在床上再也睡不着。

在熙熙攘攘的北京西站,万小霞没来送他。不知怎的,她的手机也关机了,怎么打也不通。何小军一脸疲惫地上了火车,放好行李,刚坐下,车厢里一首《被风吹过的夏天》响了起来。

被风吹过的夏天。是啊,被风吹过的夏天。何小军的眼泪忍不住落了下来。

爱情蜗牛

临川柴子

　　花街的早晨每天都是阳光灿烂，但是，再灿烂的阳光也照不进楚帆的出租屋。所以说，楚帆发现屋里出现第一只蜗牛时，一点也没有吃惊。他蹲在地上，仔细观察正在移动但看似一动不动的小蜗牛，它的身后是灰白色的印痕以及孤零零的一只空壳。

　　然后，又是一只。两只小蜗牛在潮乎乎的墙上黏着，不知意欲何为。

　　"你看，两只小蜗牛，我猜，这是一对恋爱中的蜗牛。"楚帆对正端着一碗泡面的余小雨调侃着，后者正吃得呼噜噜响。

　　"楚帆，你还真有闲心，包租婆一会儿就要来了，看你怎么应付她。"余小雨抹了一下嘴角，随手将空纸盒扔到墙角的垃圾桶。

　　"水来土掩兵来将挡，大不了以身相许，怕什么？"楚帆笑嘻嘻着说，"本人还有几分姿色，这把嫩草就喂给那只胖水牛吧。"

　　"都什么时候了？你就贫吧。"余小雨也笑了。

　　漂城突然出现了空前的经济危机，于是，楚帆失业了。余小雨虽然还在一家公司上班，但也是苟延残喘，处境很不妙。而他们都是每个月要给家里寄钱的，没什么积蓄，况且余小雨还给楚帆垫了一个月的房租。而他们不过是合租关系，这种不带感情色彩的异性合租生活方式在漂城很普遍，漂城快节奏的生活方式似乎让这些异地淘金的人们失去了性别。

包租婆头顶着彩色的发卷,模仿着电影《功夫》里面的造型踩着钟点过来了,她的嗓音嘶哑而高亢。

"到期了,房租准备好了?"

"我们怎么说也是租了你一年房的房客,你再宽限几天,我们想想办法。"余小雨低声下气地说。

"想办法,你们能有什么办法? 你是刘谦吗,会变魔术?"包租婆动了一下水桶腰,似笑非笑地看着余小雨。

"我们在这住了一年,怎么着也有点感情。"余小雨说。

"感情? 在漂城谁和谁讲感情啊? 想当年我陈梅香来漂城打拼,曾经沦落到在街边……"包租婆意识到说漏了嘴,急忙转移话题,"赶紧交房租,不然给我卷铺盖走人,我没工夫和你们废话。"

"没看到我们正在收拾行李吗?"楚帆冷冷地看着这个中年发福的女人。

"那好,我要检查你们的房间,看有没有什么损坏。"包租婆讪讪地说。

"你干吗那么冲动? 我们再求她宽限几天,我马上就发薪水了嘛。"在漂城的广场上,余小雨一个劲儿地埋怨楚帆。

"有用吗? 你看她那嘴脸,她居然还晒她当年的糗事,就她那模样,还不够资格做街边女。"楚帆呵呵笑着,余小雨一脸迷茫:"现在我们去哪儿?"

"走,我请你吃牛肉面,我可好久没吃了,想起来就馋嘴。"

两碗热乎乎的牛肉面确实能诱发人的食欲,余小雨也和楚帆一样专心地投入到午餐的战斗中。

"糟了! 我忘了东西了。"楚帆突然想起什么似的。

"忘什么了?"

"那两只蜗牛啊,忘了把它们带出来,那可是我们的家庭成员。"

余小雨以为楚帆忘了什么重要的东西,原来是两只无关紧要的小蜗牛。余小雨看着窗外穿梭而过的行人,心有所悟地说:"蜗牛都比我们幸福,它们还有自己的小房子。我们却只是漂城的过客。"

"谁说的? 一切都会好起来的,就连包租婆那样的人都能在漂城扎根,何况实力非凡的我们。"

"别贫了，今晚去哪儿？"余小雨望着在霓虹中变幻不定的漂城，一个真实而虚幻的漂城。

"反正不管去哪儿你都得跟着我不是？我还欠你一个月的房租呢。"楚帆拉着余小雨上了去远郊的公交车。

"原来你带我来看星星啊，虽然此举浪漫，不过明天早晨我们就成冰激凌了。"余小雨笑着说。

"未必，别傻站着，来帮下忙。"楚帆说着打开他的行李包，拖出一沓帆布来，打桩、固定、撑开，居然是一顶很漂亮的帐篷。

"哇，你从哪儿买的？"

"不是买的，上大学那会我喜欢旅游，经常在野地露营，那时置办的家业，想不到又派上用场了。怎么样，有温暖的感觉吧？"

余小雨掩饰不住心里的喜悦之情，围着帐篷转了几圈。

"好了，现在请住我们自己的房子吧。"楚帆做了一个绅士的手势。

"我找到新工作了，明天就去上班，在漂城附近的一家小镇。"楚帆说，"我们，还会有联系吗？"

"你不是有我的电话吗？"余小雨说。

楚帆抬头看着余小雨，他们在一起居住一年了，他第一次这么认真地看她，第一次发现余小雨很美。

"其实，我们比蜗牛幸福，因为我们的房子比它们的大。"在灿烂的星空下，在温暖的帐篷里，楚帆在余小雨面前低语。

赤兔马

临川柴子·

老何牵着他的马第一次出现在花街的时候，还有些畏畏缩缩，但随着观赏的人群投来越来越多羡慕的目光时，人和马都来了精神。这匹浑身没有一根杂色毛的紫红色儿马神气活现地打着响鼻，颠着细碎的舞步，引来阵阵喝彩。老何也在喝彩声中将他的驼背挺得更直。当然，老何并不是牵着马来供人欣赏的，他明码标价，和他的赤兔马合影一张五元，骑着在花街溜一圈十元。

这种只在旅游景点能看到的生意在漂城很另类，也很新奇，立时便有不少顾客。一位梳着两只朝天椒辫子的小女孩尖叫着："妈妈我要骑马。"于是，她第一个吃了螃蟹，接着吃螃蟹的越来越多。晚上老何在出租屋里数钱，乐得合不拢嘴，他在马背上轻轻地拍了三下，表示对老伙计的感激和赞赏。老何没有想到，在老家只配犁地拉车的马在城市走走碎步就能挣钱，而且人和马都脱离了体力活儿。老何将一天得来的收入小心地装进一只结实的塑料袋，用皮筋扎紧然后放进他特意掏出来的一个墙洞里。老何不喜欢存银行，他喜欢时不时地掏出来数一数。老何躺在床上兴奋地暇想着，如果每天的生意都有这样好，那么假以时日他就能在老家造一幢气派的房子，有了房子，他便能告别他的单身生活。

为了马的休息和生存，老何特意在郊区租了一套有院子的房子。为了让他的赤兔马更有活力,老何还跑到更远的地方去割青草。这些鲜嫩的青草取悦着赤兔马的胃口,它吃得很香。老何拍拍它的背:"老伙计,好好干,过年我们就回家。"赤兔马甩了甩尾巴,表示赞同。漂城再好,老何也不喜欢,他只想挣漂城的钱。

老何的生意一如往常那么好,他离自己生活的目标越来越近,出了状况的是赤兔马。它的精神状态越来越差了,它基本上每天都拉稀。老何明白是青草的原因,一方水土育一方人,这里不是老家,马也有水土不服的时候。可能赤兔马也知道,它现在变得不爱吃青草了,总是闻一闻就走开,实在饿得没办法的时候就吃几口。它经常抬起头,忧郁的目光望着北方,或者老何。老何知道,它想家了。可是这个时候老何不想回去,因为他的房子梦还没有实现,他心里还装着一个叫玉莲的女人。她时不时地往老何的出租屋里跑,每次她来,老何都将屋门关得严严实实,不让一点儿声音漏出屋外。

老伙计,再坚持一段时间吧。老何拍拍赤兔马的背,赤兔马无奈地甩着尾巴,它依然积极地配合着老何,陪人照相,让人骑着溜圈,给老何带来收益。可是它真的挺不住了,有一天,一个壮汉跨坐在它身上,它不堪重负前蹄跪地,将壮汉跌倒在地。壮汉愤愤地骂娘且没有付钱。后来,赤兔马屡屡出现这种状况,有时它自己走着走着也突然马失前蹄。它完全失去了初来漂城的健康和剽悍,像一匹行将末路的老马。

老何当然知道,它的赤兔马不能再留在漂城,他们必须马上回家。可是老何此刻回不去了,房子和女人将他牵扯在漂城。他将一把青草撒在赤兔马身边,管它吃不吃,便急急地进了自己的房间,因为玉莲正在房间里等着他。

老何并不清楚玉莲的来龙去脉,但他喜欢这个看上去朴实的女人。她让老何第一次尝到了做男人的快乐,老何像驾驭他的赤兔马一样驾驭她。当然,老何更想将她带回老家去。玉莲也总是笑眯眯地答应,她说她要和老何一起去老家,要给他生儿育女。

老何喝了一杯玉莲亲手泡的茶,又精神百倍地将她按在床上。老何不知道，就在他沉浸在疯狂的快乐中时，院子里的赤兔马悄悄地咽了气。

老何在日上三竿时才醒来，而且头还很沉重，玉莲早已不知所踪。老何打开门，吃了一惊，他看到他的赤兔马僵硬地倒在地上，头微微抬着，忧郁的目光望着北方。老何甩了甩头，他不知为什么昨晚如此嗜睡，难道是那杯茶？老何惊觉地跑进出租屋，将手伸进墙洞，装钱的塑料袋已经不翼而飞……

漂城的街道上，经常会有一个拾荒的驼背老头，眼尖的小姑娘还能认出是那个牵马的老何。"你的马呢？我还想骑马。"梳两只朝天椒发式的小女孩认真地看着老何，老何凄凉地一笑，目光追随着十米外的一只空瓶子，然后脚步也移了过去。

工地上的父亲

郭凯冰

　　父亲站起来，一阵眩晕。他下意识地把手往身旁一划拉，扶住了身后一垛垒高的石墙。闭了一阵眼，那阵眩晕过去，父亲用手撑住腰，抻了几下，站直了。

　　天真热，早上四点钟从家里骑车来的时候，还有一阵阵风，凉丝丝的，真受用。六点钟一到工地，趁着凉快，父亲就领了任务。工头说今天是高温天气，上边任务紧，又有几个青年人怕中暑没来，所以今天计件。在路边砌一块一米长、半米宽、二十公分厚的条石，可以到手一块钱，傍晚回家就可以拿着现钱走人。

　　父亲高兴。高温天气怕啥的，也就是热一点。昨天一天，自己砌了五十块条石，按说好的价钱是三十元。其实昨天开工的时候，已经很晚了，因为工头让父亲他们帮自己干了点私活儿。如果不耽误时间，父亲觉得今天自己满可以砌七十块。一天七十块钱，这是啥价钱？那些小青年，小小年纪，碰到天热就不来工地，做缩头乌龟，真让父亲看不起。

　　父亲往后走去，他要活动一下腿脚，其实是再次确认一下自己是不是已经砌了二十一块。他嘴里不停地数着"一、二……"，怕自己眼花，数一块，用手中的瓦刀点一下条石。正好二十一块，不多一块，也没少一块。如今才过了半个上午，到中午没准自己可以砌够四十块呢。

父亲往回走的时候，脚步明显轻快。他从旁边的垛子上一气搬下十块条石，一块块排放在早挖好的土沟里备用。从脖子上拽下湿透的手巾，抹几把脸，喘息一阵，父亲又开始蹲下。

今天这天还真是热，早上红彤彤的太阳早变成了一个金麒麟，浑身冒着火，向工地上瞪着眼。老伴儿给他搭在脖子上的手巾已经不太管用了，拧一把，水流在条石上，"吱"的一声不见了踪影。汗水早不再是一滴滴，它们在父亲的背上、脸上汇成一道道，似乎要抽干父亲的身体。

早放好的条石还有一块就砌完了，父亲抹一把眼睛，因为汗水把眼睛刺得生疼。他想起身，想弯腰把条石放得更齐整些，省得监工对质量不满意。父亲这个想法纯属多余，他不知道监工对他最放心，训斥那些偷懒耍滑的年轻人，总是拿他做榜样。

父亲不知道自己怎么了，只是一阵眩晕，就没有声息地倒下了，好像他只是想躺下来，歇一歇，就像年轻时在地里劳作，累了顺势躺在田野里歇一歇一样。

父亲醒来的时候，发现自己躺在工地大楼北面的背阴处。身边，围了几个年老的工友。见父亲醒来，在别处休息的几个工友也围过来，高兴地喊："醒了，醒了！"父亲不好意思地笑一笑，嘴唇生疼。他的下嘴唇磕破了，人中被工友掐得有几道血痕。

"老林，你还是回家歇着吧。今天这么热，你这身体，看来是受不了。"一个比父亲小几岁的工友劝父亲。

"就是，你孩子都工作了，还这么受累干啥？"一个小年轻不知深浅，插一句。

"就是工作了老林才受罪呢。找对象、结婚、买房子，哪样不要钱？"邻村的知根知底。

"不用，我没事。也不知怎么就躺下了，歇一歇就行。天太热，我凉快凉快就没事了。"父亲不想让就要到手的钱飞走，为了证明自己身体还行，边说边起身靠着楼墙坐好。

　　十一点的时候，父亲砌好了三十七块条石。本来他还想多砌几块，工头说什么也不让干了。他说这么热的天，要是再躺倒几个，他就没法交差了。大家都商量下午是不是还来，又有几个年轻人打了退堂鼓，骑着摩托车走了。有几个上了年纪的舍不得今天的好价钱，打算中午去附近找个小酒馆喝上几盅，等下午四点以后再开始。

　　父亲没有接受大家的规劝跟着去酒馆。从家里拿来的油饼还很软和，带的水也蛮够，父亲想在工地上找个地方睡一觉。大家给他出主意，让他去楼上跟人家说一声，允许他中午在一楼过道里休息。

　　父亲在大楼北面的阴凉里吃过饭，觉得浑身像掉进火窟里一般。他的身上已经不出汗了，心里却火烧火燎地难受。他没有上楼麻烦人家，觉得自己在那么亮堂的大楼里，会睡不着。而且人家那些怜惜的目光，会让自己很难堪。他铺开从家里带来的半旧草席，躺下来。这个地方，父亲觉得很安心。

　　父亲很快睡着了，鼾声不均匀，也不那么响亮。睡着的父亲梦到了儿子，前几天出去旅游的儿子已经到了泰山顶上，双手托着火球一样的太阳照相呢。他笑得真好看，跟小时候一样甜。

　　梦里的父亲笑了，皱纹一条条聚拢起来，凑成一个难受的抽搐，引出一串痛苦的呻吟……

拜 访

郭凯冰

男人还没想进去的时候，不知怎么弄出了一点响动。

男孩在里面问："谁？进来吧。"说话的同时，男孩已经把门打开了。

男人没想好怎么说，只好迈开腿，跟着男孩进到屋子里。

屋子挺简陋，一张小床，一辆很旧的自行车，除了这些，就是满屋子的画。有的画在布上，有的画在纸上，有些用铅笔画的，也有些用彩色颜料画的。

男孩请他坐到小床上，自己坐到画架边的一个小凳子上。

"叔叔，您是不是旁边盖新楼的？"

男人一惊，口袋里的手使劲攥了攥："你认识我？"

"我猜的，您身上有种味道，跟我爸爸一个样。"

"你爸爸是干建筑的？"

"是，我爸爸在另外一个城市做建筑工，您看，这是我给他画的速写。"

男人接过男孩递过来的一张画，画上是一个五十多岁的男人，穿戴跟建筑工地上许多男人没有什么两样。可那双眼睛亮亮的，让这个父亲又不同于工地上许多男人。男人想，这是一个对日子有盼头的父亲。

"叔叔，您看，这是我妹妹。"男孩又递过一个画框：一个八九岁的女孩，头上两个小抓鬏，朝天撅着，小小的脸蛋儿红红的，鼻梁上还抹着一道细细的灰，好像刚从灶台上下来，站在画布里朝着男人调皮地笑。

男人看着这个甜甜的小姑娘，嘴角忍不住翘起来。

"这是我上一次回家的时候，给妹妹画的。她烧完午饭，你看，鼻子上还有一道灰呢。"男孩也跟着笑。

男人松弛下来，把手从口袋里抽出，甚至将背靠在男孩卷起的被褥上。

"小伙子，你平时怎么吃饭？也不见你的锅碗瓢盆。"

"我在旁边的中学吃饭。那里馒头不贵，还可以喝一碗汤，免费的。"

"菜贵不贵？"

"好像也不贵，我没买过菜。"

"哦，还舍不得吃菜呀，你。听说你们学美术的学生能挣钱呢。我们村里有一个画画的大学生，一个晚上给画廊打工就可以挣五百元。你怎么不也挣点，改善一下生活？"

"我也挣的，叔叔。这些天，我给旁边那几个商店画了广告牌，您没看到我站在梯子上吗？"

男人当然看到了，而且每天都能看到。他们站在脚手架上议论，如今还是有一技之长挣钱，不远处那个画广告牌的男孩，一天下来，比他们十天的工钱都多。

"今天人家先给了我五百元。这下好了，我可以不用跟家里要钱，就能够跟着班里出去写生了。"男孩拍拍自己大大的裤兜，很自豪的样子。

男人笑了，右手撑着脑袋，很舒适的样子。这个小男孩，一点也不知道作假。

"小伙子，你今年上高中几年级？"

"我上高三。"

"你怎么不在学校里上学，来这里自己租个房子住？"

"今年我跟着老师学专业呢。高三都这样的，找个老师学专业。其他同学都在老师家楼下租了房子，我钱不够，就来这里找了这间要拆的房子，一个月才三十元钱。"

"那老师水平行？"

"行！老师还说我画的是最好的，他要让我考中央美院，那可是中国最好的美术学校。"

"有志气的好小子。"

"叔叔,您的孩子上几年级了?"

"我的孩子……嗯,好像是上初三了。"

"哈哈,叔叔,您可不合格,我爸爸从来都知道我上几年级,还知道我每次考试的名次!"

"是的,我要向你爸爸学习。"男人又笑了。

"哎呀,对不起叔叔,您是不是来借水喝的? 我忘了给您倒水。"

男人不是来借水喝,不过并没有阻拦,接过水,大口大口喝了。

男孩在一边看着就笑:"叔叔,您喝水的样子,跟我爸爸一个样。"

"你爸爸什么样?"

"是……我不是没礼貌呀,叔叔,这可是我妈说的,她说跟我们家的老黑牛喝水一样。"

"好小子,你说我是牛饮!"男人突然很兴奋,起身拍了站在床边的男孩肩膀一下,那肩膀很结实。是个结实的小伙子,男人在心里这么想。

"我要走了,小子,谢谢你的水。我就是来借水喝的,可惜你小子想起来得太晚,让我渴得跟什么似的,来了个牛饮。"男人再一次拍拍男孩的肩膀,走出去。

"叔叔,您丢了东西了。"

床上,静静地躺着一把刀子。

"防身用的,小子。送给你了。你一个人,拿着防身吧。"

男人转过身,身后传来"砰""吧嗒"的关门锁门声。男人没有回头,自言自语道:"真是个机灵的小子。"

月亮出来了,男人觉得眼前一片明亮。

走在路上的男人想,要是自己的儿子有这么出息,该多好。再过几天,就到了探视的日子,管教来信说,儿子最近在里面不太安心,让自己去看看。明天先跟工头预支一个月的工资吧,大概可以的。

民工的孩子

来卫东

"爹,老师又让订奶了,需要一百块。"小娟一边在床边写作业,一边跟贩菜的老孙说。女儿声音很小,显然没有底气。

"咱不喝那玩意儿,腥,还死贵。让你娘给你熬小米糊糊,比牛奶还有营养。"老孙用剪刀剪掉烂了的蒜薹根,重新打捆,为的是明天早市上让人感觉这菜新鲜,卖个好价钱。

"又不订,老师都不高兴了,说班里老是有一两个同学不统一行动,拖班级的后腿。"小娟不满地说,"上次全班入意外伤害保险,就我一人没入。"

"妮啊,咱是农村娃,不能跟城里人比啊!你娘卖咸菜,我贩蔬菜,起得比鸡早,一个月辛辛苦苦挣的这点钱,要供一家四口吃喝,要交房租,再给你老家的爷爷奶奶寄点,还能剩多少?"老孙一脸无奈。

"穷还多生!"小娟嘟囔一句,收拾完作业,给弟弟洗尿布去了。

菊花把咸菜车子推进院里,一股酱油和辣椒的气息扑面而来。菊花腌制咸菜很有一手,泡菜、干萝卜条、鬼子姜,酸辣香脆,很受城里人的欢迎。现在人们的生活水平提高了,大鱼大肉吃腻了,喜欢偶尔吃点清淡的咸菜。因此,她的生意还不错,每天很晚才回来。

菊花进屋发现女儿趴在床边,把头埋在床单里,嘤嘤哭着,男人狠命地吸烟,在旁急得直搓手。

"妮,咋了?"小娟学习一直很用功,成绩也好,很少让母亲操心。

小娟不说话,哭得更凶了。

菊花朝男人使个眼色,男人默默地出去了。娘儿俩好沟通,菊花好问歹问,小娟才哽咽着说出心中的委屈。

今天学校召开运动会,小娟长跑得了冠军,明天要和其他比赛项目的冠军照相,照片还要贴在学校宣传栏的橱窗里。其他同学都穿着名牌运动服,就她一个人穿着很土的衣服,寒酸死了。

"多少钱?也给咱家妮子买一套。"菊花问。

"一套好几百呢。"小娟小声说。

"这么贵呀。"菊花倒吸了一口凉气。

"我有办法,"这时老孙听清原委,从外面走进来了,"咱老乡大张在市场大棚专卖运动服,都是些假名牌,几十块钱一套,我刚给他打了电话,一会儿就去给小娟拿一套。"

"假的能穿出门吗?"小娟小声嘟囔。

"咋穿不出门?都一样。名牌就是个标志,'李宁'是柳树叶,'耐克'是对钩,你以为我不懂?"老孙说。

老孙骑三轮出去一趟,不久就回来了,拿回一套仿造的"耐克"运动衣,小娟穿上很合身。真是人靠衣裳马靠鞍,小娟显得特别精神,在镜子前照来照去。

老孙和菊花长出了一口气。

都叫三遍了,小娟还是不过来吃饭,老孙知道女儿是个倔脾气,大概心里又有啥事想不开。

"咋了,妮?"老孙问。

"今天我们班里选班长,我学习第一,体育第一,班主任却让我当副班长,让柳絮当正班长,还不是巴结她爸爸!听说她爸爸是市里一个部门的科长呢。爹,你说老师都这样势利,怎么教育学生啊?"小娟委屈地说。

原来是这么回事。老孙心里有了底,他理理头绪,决定开导女儿一番,毕竟他是过来人,别的没有,阅历还是有一些的。

　　"妮子,你要知道,这个世界上本来就没有绝对的公平!你为啥生在贫苦的农民家里,而有的孩子生在百万富翁家里呢?你们老师这么做,也许是迫于校长的压力,不能全怪她呀。"老孙点燃一支烟,深吸一口接着说,"你看过电视剧《西游记》吧,最后一集师徒四人历经千辛万苦到达西天,在藏经阁要经卷的时候,阿难和迦叶还跟他们要'人事'呢,没办法,唐僧只好把唐王赠的紫金钵相送,才拿回了真经。西天佛祖的地方,也不是绝对的净土啊,何况咱们人间呢?"

　　小娟听了,懂事地点点头。

　　"咱们和城里人相比,收入差距太大,恐怕一辈子都比不上。咱不和他们比吃穿,比虚荣,咱和他们比学习,比明天。"老孙语重心长地说。

　　小娟站起身来,脸上有了笑意:"爹,我明白了,我去吃饭。"

　　吃完饭,小娟十分自觉地去床边看书学习了。老孙和菊花对视一眼,他们都在对方的眼里看到了泪花。

恐　惧

袁炳发

认识女老乡,是通过一位朋友。

名片上介绍,女老乡郭月美在我们这个省会城市,在一大型商场经营女性品牌服装。

认识不久以后的一天下午,郭月美电话约我晚上吃饭,我答应了。饭后我们去 K 歌,边唱边叙乡情。

酒至兴处,郭月美点了一首《老乡》唱起来:

有没有钱寄给你爹娘/想没想过何时回故乡/老乡见老乡两眼泪汪汪/问一问老乡你又要去何方/吃过多少苦啊受过几回伤/其实我和你一样总想闯一闯……

唱着唱着,郭月美哭了起来,想必她是想起闯荡省城多年的一些辛酸往事吧!

我也想起了故乡的爹娘,想起他们被庄稼渐渐遮没了的身影。而我,大学毕业在省城参加工作后,又给爹娘寄过几回钱呢?

想到此,我也哭了。

郭月美过来安慰我说:"老弟,我们奋斗吧!不要悲伤。姐当年在老家被那个读研究生的死鬼抛弃后,一个人来到举目无亲的省城,这个坎不也迈过来了吗!只要我们奋斗,就会见到那片迷人的海。"

郭月美喝了一口酒，又对我说："研究生算个屁！等姐赚了大钱，让研究生给我洗脚！"

说完，郭月美哈哈大笑。这晚，我和郭月美喝得酩酊大醉……

从此，我和老乡郭月美的联系就多了起来。

有一天，郭月美给我打来电话，让我去她的服装精品屋，说有急事找我商量，我如约而至。

精品屋四周挂满了女士服装，屋内东侧拐角处放着一张宽大的老板台，郭月美坐在那里。

郭姐说："老弟，姐有事求你。我外县有一服装女客户，欠我十万元服装款，这笔账有三四年了。姐明天凑巧有事走不开，麻烦你替姐跑一趟，把钱取回来。"

我提示说："把钱打到银行卡上就不用去人了。"

郭姐说："那样可是好了，关键是你把账号给她，总不见有款打过来啊！刚才电话里我告诉女客户了，明天我弟弟去取钱，必须提现金，免得她再耍滑。"

我想了想，答应帮郭姐跑一趟。

第二天，我坐火车去了 A 县。五个小时后，我到达了 A 县。

在指定的一个商场办公室，我见到了女客户。女客户是个胖子，一脸横肉，她阴沉着脸说："你姐这人哪，太不仗义！进她货时可以叫我奶奶，货到我手，就不是她了，一天能打八十个电话催款。"

说完，把十捆钱从办公桌上推给我说："钱是刚从银行提出来的，每捆一万，你核对一下捆数就行，银行是不会弄错的。"

我点点头，核对了钱的捆数，就把这些钱用报纸包裹起来，装进我的双肩背包里，然后，我打车直奔火车站，准备乘傍晚的火车返回省城。

在我排队买票的时候，我前面的一个胖子和一个瘦男人，不知因为什么推推搡搡吵了起来。胖子和瘦子同时撞到我身上，把我撞个趔趄，险些摔倒。我生气地喊道："别吵了，出门在外都多担当一些！"

我喊完,胖子和瘦子立即停止了吵嚷。

等我买完票,突然发现我的双肩背包被人划开了一个大口子。我立即意识到不妙,果然那十万元现金不翼而飞。

我立即到车站派出所报了案,民警告诉我到家等消息。

回来的火车上,我闷闷不乐:这件事该怎么和郭姐说?这是说不清的事儿。没有别的办法,只好自认倒霉,自己拿出十万给郭姐赔上。

回到省城已是半夜。翌日,见到郭姐,我便把存有十万元钱的银行卡递给郭姐,并把密码告诉了她。

郭姐很是惊讶地问我:"怎么带卡回来呢?"

我便把失窃的前后经过讲给了郭姐。

郭姐听后手足无措,最后说:"这样吧老弟,事情是我求你做的,我们都有责任,让你全部承担显然不公平,我们各担一半,姐收你五万。"

我望着郭姐,感激她的深明大义,到银行把五万元钱划给了她。

不久后的一天晚上,我在看电视,法制频道主持人说出的一个名字让我大吃一惊。

主持人说:"日前南岗区警方破获了一起集团诈骗案,该案首犯郭月美常以老乡、同学、朋友为诈骗对象,设套骗钱五十余起。希望受害者主动和警方联系,提供证据。"

我的脊背顿时一阵发凉,想到了自己的那五万元钱。

随后的电视画面上,我陆续看到了一脸横肉的女人、胖子和瘦男人,最后是郭月美的那张脸定格在画面上。

我发现,女老乡郭月美的那张脸越发沧桑了。

几天后,我忽然接到警方电话。民警问:"你认识郭月美吗?"

我说认识。

民警说:"根据郭月美供述,她诈骗你五万元钱,请你速来签字认领。"

我想了想说:"她记错了。"

说完,我挂了电话。

哦，白丝巾

符浩勇

城里人吃过晚饭，都到街上来跳舞。这是进城打工的牛娃没有料到的。累了一天，还跳那干什么呢？舞场上，男人搂着女人，转动着，就像开锅的饺子，一个个起伏不定。可就在他转身要走的时候，一道艳丽的桃红，突然将他的目光抓住。一个女人穿了条桃红的裙子，翻飞着，左右旋转，像山里开春的桃花。

抬眼望去，桃红裙子有时慢悠悠的，只是前后一点一点地挪动，裙摆不动声色；有时情绪活跃，碎花似的绽开了，流水一般向前滑动，柔软地倾泻；有时又如一阵狂风吹来，桃花似的飞旋而过，风吹得花瓣满天。

牛娃在那儿看到很晚，那条桃红裙子在暗淡的背景下十分醒目，带着一道道数不清的皱褶，波涛似的摆动。女人的腿时隐时现，裙摆从他的脚边扫荡而过。

好一阵，舞曲才停了下来，那裙子也停下了。

牛娃看不清女人的脸，但他看到女人用一条洁白的丝巾朝脸上扇着风。

乐曲很快又响了起来，一个站在她跟前的男人朝她两手一摊，女人就以很快的动作转身和他搂在了一起，白丝巾悠悠荡荡地飘在了地上。

白丝巾飘落的姿态有点像鸽子花，这城市没有那种花，只有山那边才有。这团粉白躺在尘埃里，离牛娃不远，一双双脚从它旁边踩过，眨眼间，已有半个脚印染黑了它。牛娃快步走过去,将丝巾抓了起来。

舞场没有那红裙子,所有的颜色就和昏暗的灯光一起煮成了一锅粥,让人昏昏欲睡。

他有了一点小小的念头。他手里攥着那块白丝巾,它原本是城市的一个妇人的,那妇人穿着引人注目的桃红裙子,活力十足地跳舞,几乎把全场都盖了。

他踟蹰着,想上前将白丝巾还给那女人,可她身旁走着一群人,他们有说有笑的,沉浸在舞蹈的兴奋中,意犹未尽。他没有鼓足勇气当众递过去——人家会怎么看他呢?

散场时,他把那丝巾揣回了工棚。打牌的还没散,烟雾弥漫。牛娃摸了摸衣袋,没烟了。他又回到街口,四周空荡荡的。常去的那家小超市已经关了门,他就朝另一家小卖部走去。

一个女人正坐在窗前。她低着头,浓密的黄头发在脑后用一只花发卡夹着,树起一簇鸡尾似的发梢,手里不知在忙活什么。她身后的货架上红红绿绿的,琳琅满目。他走到跟前,说:"买盒烟。"

女人浑身一哆嗦,显然吃了一惊。她朝牛娃看了一眼,两手飞快地捂了一下。牛娃有些莫名其妙——女人的手在桌子底下,他其实什么也没看见。他正要再说买盒烟,那女人站了起来,唰地就把窗户关上了。她的生意就是从窗户进出的,那扇小玻璃窗上贴着红字:烟酒饮料,便民廉价。但"咔嚓"一声,牛娃被拒之门外。牛娃隔着玻璃,喊了一声:"买烟!"

女人皱起了眉头,背过身去朝货架走了两步。她穿的是一套宽松的碎花睡裙,手里一沓红绿纸币的角冒了出来,原来她刚才是在数钱。她将钱塞进一个小盒,然后将一把黄锁套了上去,似乎一点也不知道窗外有个人候着,但眼角的余光却分明扫在了牛娃脸上。她突然侧过身子,以极快的动作摆着手,连连摆着,意思是走人走人,不卖了不卖了。牛娃的脸再一次热了,他非常恼火地高叫了一声:"买烟!"

女人吃惊地转过脸,比刚才有过之而无不及。她张大了嘴,红润的嘴唇长得有棱有角，眼里闪过一丝惊恐。她朝窗口伸过手来，却并不是打开，而是将窗帘哗地拉上了。

牛娃一下子呆住了。眼前的窗帘一片桃红，像极了他刚才舞场上凝视的红裙子，甚至那些褶皱，都是他已经熟悉的纹理。怎么会呢？

他举手在玻璃上连敲了几次，但里面没有反应。有一阵，女人像是在说话，嘀咕着，但隔着玻璃什么也听不清。又过了一会儿，街口那边突然出现了一辆警车，蓝灯警示地闪着。他生怕惹麻烦，就离开了。

牛娃从街口往工棚走去，心里像卸掉了什么，轻飘飘的。他留下了那条白丝巾。夜已深了，华丽的车辆仍然一辆接一辆地滑行着向前奔去，它们像连接在一起的一条长河。

女人的门第二天开得很早，她夜里没睡好，老是提心吊胆的，支棱着耳朵听窗外的动静，怕有人砸了窗户、玻璃门——一块石头就砸碎了，要是跳进个人来，她只有束手就擒，生死由命了。

门一开，阳光就欢快地蹦了进来。女人一眼就看见门槛旁放了一条亮亮的白丝巾，上面压着一个沉甸甸的烟盒，烟盒里装满了沙土，是怕被风吹走了。女人觉得眼熟，感觉这条丝巾是自己的，但她又觉得好奇怪：是谁放这儿的？这人又从哪儿捡来的呢？女人又系上了那条洁白丝巾，她呆坐在窗下，眼前一片桃红。

酸 豆

符浩勇

小丫没有想到自己的作文《酸豆》会被丁老师评为优秀，还让她晚自修时间去谈体会。小丫徘徊在去丁老师家的路上，她思量着，见了丁老师该怎样说呢？

小丫是春天开学的时候跟随在小城打工的父亲转学来的，插班在城南小学四年级，班主任是一位姓丁的女老师。

丁老师温柔而又活跃，性情乖巧，经常结合课程安排一些课外活动，形式、内容多样，很讨同学的喜欢。丁老师每次上课总是穿戴得体，加之她眉目清秀可人，小丫心里好喜欢也好羡慕。

一次课外活动做游戏，小丫忍不住也仿着丁老师的眉样描了眉，没想到丁老师竟冲着她说："好的不学，尽学坏的。"小丫心里好困惑也好委屈。自此，小丫心里就认定，自己不讨丁老师喜欢。

上个星期天，丁老师组织了一次郊游活动，小丫本来打算去参加，但父亲打工的那家砖窑厂赶工，父亲嘱她去帮工，她就不好推辞，怕父亲会认为她偷懒、找借口。再说参加郊游活动属自愿参加，要参加就得让父亲拿钱。

事后，听参加郊游的同学说，丁老师领着同学们去参观了一家农场果园，农场老板种植了好大规模的酸豆林，眼下正是酸豆成熟收获的季节。酸豆可炼制多种珍贵药物，直接吃也可滋补身体。农场主很爽快，参加郊游的同学都吃上了酸豆。

小丫没吃上酸豆，并不后悔，她遗憾的是丁老师在组织郊游后布置了一篇名为《酸豆》的作文。

放学回家要经过一个热闹的市场，小丫每天总是匆匆走过，心里想着的总是回家去帮父亲干些家务活儿。纵然街边的小摊总是使劲地喊着"酸豆，酸豆，新鲜上好的酸豆"，但她知道父亲打工手头紧，所以她连看也懒得一看。可自从丁老师布置了作文题，她从街上过，总不由自主地往小摊贩望去。哟，那绿莹莹的酸豆多诱人啊，听说那要二十多元一斤，一斤也就十颗八颗，一颗也要好几元。

临近交作文的日子，小丫终于缠着父亲嚷："我……想吃酸豆，同学们都吃过。"父亲却嚷道："才出来多少日子，就染上了馋毛病！"父亲不再理会她，却叹了一口气。

小丫好后悔，她原本就不指望父亲会应允，乡下的母亲还卧在病床呢，但作文还是要写，还是要按时完成，按时交。丁老师布置作文时，就罗列了写作提纲，要求写出对酸豆的感受，着重写品尝酸豆时的联想。一连数日，小丫为写《酸豆》，心情好不起来。渐渐地，她心底里对丁老师有了一种生分的感觉。

直到交作文的前夜，父亲已睡下了，小丫在灯下凭着灵感发挥想象，时过子夜才写完了作文。交作文后的几天里，她觉得丁老师和同学们都以异样的目光盯着她。

今天上午，又是作文课，丁老师开始讲解作文，小丫低着头，不敢看黑板。没想到，丁老师宣布优秀作文名单，她——李小丫竟名列前茅。丁老师还说，她写的《酸豆》角度别致，结构严谨，联想丰富，是一篇难得的优秀作文，还将推荐参加省内小学生作文大奖赛，让她自修时间去谈心得体会。按惯例，参加大赛的作文要附上写作体会。

面对丁老师，她该怎样说呢？小丫来不及考虑周详就走进了丁老师的家里。丁老师见到她，热情地招呼。小丫刚坐下就看到丁老师家茶几上的果盘里还盛着几颗诱人的酸豆,她心里不由一阵茫然。

丁老师似乎很好奇:"小丫,你怎么会品尝出酸豆别具的风味,写得那样别致?"小丫低下头,悄声说:"老师,我……我没吃过酸豆。"好像是说给自己听的。

丁老师一怔,稍一犹豫,从果盘里拿起一颗酸豆递给她。小丫迟疑地接过,抬头盯着老师,丁老师期待地示意她品尝。小丫迅速地削皮,将豆果送进嘴里,她眼眸里浮起亮光,"哇——"地失声哭了。

酸豆一点儿都不酸。

血 杀

符浩勇

贾德强突然产生了一个可怕的想法:"我要杀人!"

最初这只是一个模糊的念头。它就像在他的躯体里过电一般,"砰"的一声炸开了,继续在脑海里生根发芽,蔓延到心里,逐步演变为一种确定急切的想法。甚至他本人都不敢相信,他的思绪连日来被搅得乱七八糟,像蛇一样缠绕着他,闹腾得他食寐不安。

其实,同从乡下来的老乡都知道,他胆子很小。

刚进城时,他只是做收旧货的营生,经常出入多个居民小区。有时居民丢失了东西,报案来了警察,他听不懂他们说的方言,但看得懂人家的目光,就觉得芒刺在背,慌得就好像真的偷了东西。后来,他改在一家临时工厂流水线做零件,车间里有人的零件丢失了,报了案,人人都成为可疑对象。他却神魂不安,眼皮老跳。警察找不到丢失的零件最终还是走了,他却耿耿于怀,担心别人怀疑他。有时有警车鸣笛在街上开过,他希望这警车能来查清楚,才能证明他的清白。

这些事成了同乡茶余饭后的谈资笑料。人家背地里总说,胆小老实的家伙,进城来就像让他赴一场宴会,抢食都不如他人哩。

然而,他并不在乎别人的嘴巴和目光,做工卖力而且勤勉。一年下来,他省吃俭用,居然有了积蓄。

有了积蓄就可养家糊口,他趁着回家过端阳节带来了鲜活水嫩的媳妇,在他租居的工棚住下了。一时间,郊外那家临时搭建的厂房,以及昏暗的车间透亮起来,他媳妇出出入入的腰肢像藤条一样,一步三摇摆,落进了车间包工头老黄贪婪的目光。

包工头老黄找到他,说:"你不用做零件了,跟车跑县城送货去,工钱是做零件的两倍。"他当然高兴,别过媳妇就跟车走了。但跑了县城他才知道,每周两趟,每跟车一趟都要过夜,次日晌午才能回来。

两个月下来,有关媳妇的风言风语就来了,说得有板有眼。有说,他跟车跑县城去的夜里,工棚里的老鼠就特猖狂,常常闹腾到下半夜,有时要到了黎明时分才静下来。厂房临着一条小溪,溪边长满了密密的水草。他媳妇去割草,包工头老黄总会去帮忙,就滚在草丛里。那日没起风,可草丛却在翻动,就像巨蟒游过。好哟,草丛中两个人像赤条条的白鱼,游在碧水里。人家挤眉弄眼对着他酸笑,他本来枯叶般褐色的脸孔就黑下来,像抹了锅灰,堵着一团恶气,心思就浮现杀人的模糊念头。

他对媳妇说:"我忙里忙外的,你别让我戴绿帽子!"他居然懂戴绿帽子的意思,但闹不明白为什么当兵的都戴绿帽。媳妇起先忸怩地说:"别听人胡扯,没有的事啦……"他不由性起,拥抱媳妇滑溜的肉团,媳妇就由着他。但到后来,媳妇动辄以身子不净为由,不让他游刃有余,他又会醋意大起,还动了拳脚。媳妇却哭着认了,末了还怨他是男人,却护不了自家女人。

他去找老黄说,他不想跟车跑县城了。老黄对他说:"你不跟车就走人,反正有人惦记着去跑县城。要是肯留下,你媳妇可安排杂工干,有一份工钱。"

他转而劝媳妇说:"你别作践自己,多躲着人家,给我个面子。"媳妇果真给他面子,只有他跟车跑县城了,才到约定的溪边草丛去。说是留个面子,却只是背着他一个人而已。媳妇去车间做杂工很轻松,时时在众人眼下同老黄打情骂俏,卖弄风情。

同乡见他居然没起脾气,自己的女人都管不住,都鄙视他,背地议论说:"这家伙给乡下人丢脸了,不配做个男人,早该阉割结扎,蹲着撒尿算了。"

他时时处处都感觉到同乡的指指戳戳,心里常浮起一种万念俱灰的痛楚。不跟车跑县城时,他总爱往厂房边上的酒店钻,喝得酩酊大醉,发酒疯般拿出一把生锈的尖刀,往桌上一掷,吼道:"哪个再惹老子不顺心,我宰了他……"有时把烟抽得很凶,把自己罩在烟雾里,压抑心里的波澜。就是这时候,他坚定了杀人的想法。

一天夜里,他梦见自己已控制住包工头老黄,就像扼住了一只待宰羊羔的喉咙,恨不得剥他的皮,抽他的筋。他拿出了那把已磨亮的尖刀,意欲剜出他淫毒的眼珠,心里不由涌起一阵强烈的快意……然而,当他握紧尖刀喊杀人时,待宰的羊羔成为疯狂的凶狗,汪汪狂吠。他忽地醒了,是一阵警车鸣笛的声音唤醒了他,他吓出了一身冷汗。瞬间,他像刺猬一样缩成一团,生怕一不小心,杀人的喊声蹦出口来。

他还是跟车跑县城送货去,但买了一部廉价的小灵通。他刚在县城停顿,媳妇打来电话哭着告诉他,包工头老黄被杀了,死在厂房外的干草垛边。他挂了电话,就租了一辆车赶回厂里。

警察正在现场勘察,警车的笛声还在不停地鸣响着。他挤进围观人群中去,嚷道:"别白忙了,好汉做事好汉当,是我杀的,我坦白!"

警察要扣走他,可同乡们拥上去作证,说他并不存在现场作案的时间。他却吼道:"不,不!是我杀的,我在心里已经杀过他几百遍了,那把磨亮的尖刀就搁在家里!"

他媳妇盯着他的眼神不由打了一个寒噤,说:"你是不是疯了?"

归　途

胡　炎

"爹,我回来了!"

半夜时候,老旺的门口传来一个低沉的声音。

老旺吓了一跳,黑暗中支起半截身子,怀疑刚才那个声音是不是幻觉。尽管他做过好多梦,梦里老是小儿子永祥的影子,可儿子明明已经死了,儿子再也回不来了……老旺叹了口气,重新又躺下来,可他还是一阵阵不安,刚才那个声音像是把他的心攫住了。老旺索性起了床,拉亮灯泡,吱呀一声把门打开。

"爹!"

老旺一个哆嗦,整个人僵在了那儿。眼前的可不正是自己的小儿子永祥吗?

"儿呀……你是人还是鬼?"

"爹,我是人,你儿没死!"永祥压着嗓音说。

老旺一把将永祥拉进屋里,上上下下地看。本以为是阴阳相隔了,想不到儿又活生生地回来了,老天有眼呀。这时,永祥的三个哥哥永幸、永福、永吉听到动静,也都过来了。老旺百感交集,四个儿子的名字,合起来就是"幸福吉祥"。今晚,一家人做梦似的团圆了。

"儿呀,快说说,你咋活着回来了?"

老旺的困惑是全家每个人心头的一个问号,半个月前,永祥打工的那个煤矿发生瓦斯爆炸,下去的人一个也没上来。救援了几天,大部分遗体找着了,还有七八个没下落。由于救援难度太大,上面来的领导就和这七八个人的家属商量,若不要遗体,每家一次性发抚恤金四十万元。老旺刚开始不同意,儿没了,怎么也得把儿的尸骨拉回家葬了呀,哪能让他待在这偏远异乡做个孤魂野鬼呢?后来,其他家属陆续同意了,自己的三个儿子也劝他,人死不能复生,就在家给永祥立个牌位吧……老旺干号一声,一口血吐出来,这才点了头。

"爹,我是侥幸捡了一条命。"

永祥一脸神秘。那天他去镇上的邮局往家寄钱,回到矿上就快到下井时间了,突然,他想起自己的手机忘到了邮局里,就又赶回了镇上。临走时,他跟班长说误不了下井。等他再往矿上赶的时候,才知道出事了。矿上乱成了一锅粥,一块儿打工的兄弟们都埋在了井下。永祥灵机一动,在附近的小旅馆躲了起来。果然,他也在遇难者名单里。直到爹和哥哥们拿到了抚恤金,他才又到别处躲了几日,今晚趁着天黑悄悄跑了回来……

"谢天谢地,老天爷呀,我给你磕头了!"老旺"腾"一声跪下,磕了三个响头。

老大永幸忽然若有所思:"四弟,村里没人看见你回来吧?"

"没有。"

"还是要小心,小心啊……永福、永吉,你们俩去外面看看。"

永福、永吉轻手轻脚地去外面转了一圈,村里静得很,连狗都睡得死沉。

永幸眉头紧锁,说:"四弟,你活着回来,这是天大的好事,可这一来,咱的钱就不牢稳了。大哥我以前在窑场打工,落下个尘肺病,算是半个废人;你二哥从小得了小儿麻痹,残疾了;你三哥前年又给机器轧断一只手,再说咱爹也老了,这往后,不管是娶媳妇儿、过日子,咱都指望这笔钱了……"

"哥,我懂。"永祥说。

"你不懂,"永幸依旧一脸严肃,"哥的意思是,以后你不能跟任何人见面,你得知道,你已经死了……这几天你先躲好,哥给你挖地窖。四弟,咱一家人就靠你了!"

永祥心里一沉,什么话也说不出来了,只是重重地点了点头。

一晃,半年过去了。可对永祥来说,却像是过了半辈子。这半年里,他像一只钻地鼠,见不得天日,身上也有了好大一股霉味。有一次半夜里他偷偷爬上来,看一眼月亮,呼吸一口外面的空气,可大哥警觉地把他按回了地窖里,还给了他一巴掌,说:"你想害死咱一家人呀!"永祥欲哭无泪,这和死有什么两样呢?

"哥,我再也受不了了,我不能一辈子待在这地窖里做个活鬼!"永祥说。

"四弟,哥求你了,"永幸忽然换上一副可怜巴巴的神情,"就算你不为哥哥们着想,你也要为咱爹想想呀……哥给你跪下了!"

"哥……"永祥瘫坐在地上,泪眼婆娑。

一阵脚步声,老旺进来了。老旺良久没说话,末了拍拍永祥的肩:"儿呀,出来吧。"

永幸急了:"爹,你糊涂了? 永祥要是出来了,咱的钱还能捂得住吗?"

"那就给人家退回去!"

永幸伸着脖子,像只羽毛乍竖的斗鸡。过了会儿,脖子一软,整个人就打蔫儿了。

"四弟,听哥的,你再待一天,明天晚上咱兄弟们喝顿酒,给你洗洗晦气。喝了酒,哥亲自接你出来!"永幸说。

永祥笑了。

第二天晚上,四个兄弟坐在地窖里,三个哥哥轮番给永祥敬酒。老旺在外面听了一会儿,长长地舒了口气,就回屋睡了。

早晨,老旺叫儿子们吃饭,却不见永祥。"永祥呢?"老旺问。三个儿子互相推搡着,都不说话。"到底咋回事?"老旺火了。永幸红着眼,说:"爹,说了你别太难过,昨晚永祥喝醉了酒,发了急病,没出地窖就不行了……俺哥儿仁怕出意外,连夜把他埋了……"

"你、你们……作孽呀！"老旺眼前一黑，昏倒在地上。

中午时，三兄弟推开老旺的门，都呆住了：老旺已经吊死在房梁上。三兄弟跪下来，不哭，不语，噼里啪啦，朝自己脸上抽起了耳光。

山乡的五月

金·光

天刚蒙蒙亮,根西就听见父亲起了床,他翻了一个身又睡着了。这一觉他睡得好香,醒来已经是上午十点了,他洗了把脸,就坐在屋檐下看书。妈从灶房出来时说:"根西,去窑场地叫你大回来吃饭。"根西放下手中的书,朝窑场地走去。

五月的山乡,到处都是金灿灿的颜色,田里熟透了的小麦散发出醉人的芳香。根西走在田埂上,看到了他童年的影子。十八岁那年,在父亲的奔忙中他从这里走出去,上了市技校,毕业后就到市一家化工厂当了一名化验员。根西走着走着,禁不住随手掐了一穗麦穗儿在手里揉搓起来,然后展开手掌用嘴一吹,留下一把嫩嫩的青麦,嘴一张嚼将起来。

父亲正弯着腰在那里割麦,他的身后,已倒下去大片的麦子,裸露的地面上摆着整齐的麦铺。父亲手上的镰刀飞舞着,弄得周围一片呼呼啦啦的声响。

"大,回家吃饭。"根西喊了一声。

父亲根本没有听见,仍然在挥舞着镰刀割麦子,白色的汗衫已经发黄且湿漉漉地贴在了他的脊背上。

"大,回去吃饭哩。"根西又叫了一声,嗓门儿比刚才高了些。

"啊,哦,饭熟了?"父亲终于醒悟过来,缓缓地站起身,用肩膀上的手巾擦了一把脸上的汗水。

根西上前接下镰刀，父亲用极快的速度将两铺麦合在一起，捆扎起来就要往肩上扛。根西说："我来扛吧。"

父亲说："还是让我扛，小心弄脏了衣服。"说完扛起麦捆就走。根西用手拈下粘在衣服上的一根麦芒，拿着镰刀跟在父亲的后面。

饭桌上，根西对父亲说："大，我看不如把咱那几亩地让给别人种去。"

"为啥?"父亲有点吃惊。

根西讷讷地说："不为啥，种田不划算，一年忙到头，一亩地就说打七百斤麦子，六毛钱一斤，才四百二十块，抵不上在外干一个月的收入。"

父亲没有说话。

根西又说："你把地包出去，我到我们厂里给你找个临时活儿，一月能开五百多块，行不?"

父亲这才说："娃，大是庄稼汉，一辈子跟土坷垃打交道，习惯了，没觉得受罪。我跟你妈在一起挺好，想家了你就回来看看我们。"

根西在家停了一周，父亲不让他沾庄稼的边儿，他是眼看着父亲割了麦再脱粒，然后扬场、晒麦，一点点将麦子弄回家的。临走时，他无可奈何地摇了摇头。

世上的事就这么不如意，两年后，根西所在的那家化工厂出现了意想不到的困境：化工原料价格猛涨，化工产品却销不出去，全厂一千多名职工几个月发不下工资。厂里实在抵挡不住了，便痛下改革的决心，决定减员增效，第一批减员百分之二十，根西首当其冲。

下岗了，根西好几天不吃不喝，躺在床上。他毕竟已跳出农门了啊，现在怎么办? 想来想去想不出个好法子来，根西只好爬起来狠狠地抽烟，但烟抽了一支又一支，还是没有好法子，根西就回到了家。父子俩静静地对坐着，良久，父亲终于开口了："娃，土地是人的根啊，不行咱回来，只要有地就饿不死!"根西掐灭了手中的烟，无奈地点了点头。

根西上地了。起初，那双稚嫩的手打出了许多血泡，他咬牙挺了过来。

一年时间,根西跟着父亲学会了种麦子,种玉米,种大豆,种各种蔬菜,成了种庄稼的好把式。

第二年,根西和父亲商量,说要种地就要种出名堂来,小打小闹不行。父亲赞许地点了点头。根西就承包了村里的六十亩红土坡地,雇了两个帮手在上面栽上烟苗,一天到晚忙碌起来。秋后,除了交清承包费、付清雇工的工资外,净挣两万元。根西成了当地有名的种田大户,当上了县里的劳动模范。

又是五月,山乡的小麦一片金黄,根西家的窑场地里,一条大汉正挥舞着镰刀在割麦,身后的空地上,码放着一排排整齐的麦铺。上午十点多,根西父亲来到地头,喊:"娃,回去吃饭。"

根西仍然弯着腰在那里割麦,根本没听见父亲在叫他。

"娃,回去吃饭哩。"大又叫了一声,嗓门儿比刚才高了一些。

"啊,哦,饭熟了?"根西这才醒悟过来,缓缓地站起身,用肩膀上的手巾擦了一把脸上的汗水。

父亲上前接下镰刀,用极快的速度将两铺麦合在一起,捆扎起来就要往肩上扛,根西抢过说:"我来背。"然后手一提将麦捆放在了肩膀上。

五月的田埂上,走着一老一少两个庄稼汉。

黑女子

刘立勤

　　她有一个很好听的名字,可谁都不叫,连父母也不叫,都叫她黑女子。因为她生得矮,生得黑。她的学习成绩很好,本该上高中、大学,再找一份可心的工作,可父母生生逼着她退了学,逼她把上学的机会留给了妹妹。因为妹妹生得白,长得靓。没有学上了,她随着一帮小姐妹进了城。

　　初进城的时候,她也想和其他的小姐妹一样,找一个轻松又体面的活儿,要么卖衣服,要么卖书,卖鞋,卖化妆品。她按自己的想法,家挨家地见过许多的老板,可老板只看了她一眼,就让她走了。当一块儿来的姐妹一个个都找到可心的工作后,她明白了老板不说话的原因,可她仍然不信那邪,仍旧想找一个体面又轻松的工作。

　　她没有找着,倒是妹妹进城找到她。妹妹说学费又涨了,让她给找一点钱。工作都没有找着,到哪儿弄钱呢? 她真想回绝妹妹。这时妹妹睁开秋水盈盈的眼睛,又叫了她一声"姐",她的心就软了,眼泪也"扑簌簌"地流。因为妹妹是唯一一个不叫她"黑女子"而叫她"姐"的人。她背过身擦把泪,去找同来的姐妹借了一百元,送走了妹妹。送走妹妹,她就着急还那一百块钱,她不敢再挑剔工作了,就挑了一户人家,给人带小孩去了。

　　她生得黑,却有一副好脾气,给人带小孩倒合了她的性情。孩子和她也很投缘,整天"黑姨、黑姨"地喊。再说,她除了黑一点儿,却心细手巧,眼睛里也来事儿，小家庭被她收拾得妥妥帖帖，主人家很是喜欢。男主人就许诺："等两年孩子上了幼儿园，就给你买一个户口，再找一份工作。"男主人还说："那时你就是城里人了。"每一个农村女孩都想做个城里人。她听了男主人的许诺，更加用心用力地干活儿，等待那一天的到来。可是，男主人的妹妹回来了，回来后就把她想象中的一切给掐断了。

男主人的妹妹是从省城回来的，省城回来的妹妹很漂亮也很刻薄，回来后就把家里人挨个数落了一番。数落到最后就数落到她。男主人的妹妹说："现代科学研究证明，找保姆要漂亮，不漂亮的保姆会把孩子带丑的。"那人的话像锥子钻心一般，疼得她眼泪不争气地流了出来。睁开泪眼她求救似的望着男主人，可男主人一句话也不说。一气之下，她就走了，在孩子的哭声中走了。

后来，她找了一家饭馆给人洗盘子。后来，又在一家制衣厂钉纽扣。她干了许多的工作，没有一件工作是体面的，也没有一件工作挣钱。这时，妹妹已上了高中，花钱更多了。她就找到和她一块儿进城的一个姐妹的发廊，在发廊找到了一份工作。发廊的工作不体面倒也轻松。可发廊的姐妹太多了，一个个都比她生得白，一个个也比她放得开，她挣的钱也不多。钱不多了，她有时间就潜心练技术，学理发，学美容。一年下来，她就学到了一手好手艺，收入渐渐多起来了。手里有了闲钱，她就为自己做起美容，她发现自己在自己的手下也变得美起来了。美起来了，来往的客人一边喊着黑女子，一边在她的身上就多了几分关注，可她谁也不答理，继续干着自己该干的活儿。

再后来呢，开发廊的小姐妹傍上一个大款走了，小姐妹贱价把发廊卖给了她。她成了老板，她看不惯发廊玩得浪的姐妹，她把她们打发走了。她留下几个技术过硬的姐妹，她想办一个正经八百的美容美发厅。这时，铁路已经动工了，各式各样的发廊一夜间就多了起来，生意也日益火爆，可她的生意却日渐冷落下来，到后来竟然入不敷出，留下的姐妹也找着各种借口走了。而妹妹又上了高三面临着高考，买店的钱还没还清，花钱的路子又来了。

　　好在发廊的位置很好，昔日离去的姐妹又回来了，还带来了新的姐妹。姐妹们就劝她不管经营什么，只管收钱得了，无奈的她只好答应了。她的手艺虽然生疏了，发廊的生意却好了起来，收入也比过去翻了一番。夜里盘点一天的收入，她心中总有说不出的滋味。心中的滋味还没理出个头绪，妹妹上大学的通知来了，父母的药单子也来了，这些钱就有了合理的去处。寄走了钱，她发现自己脸更黑了，真正是一个黑女子了，一个黑心的女子。有时她真的不想办了，她劝那姐妹不要办了，可谁都不听她的，她们觉得那样挺好。于是，她劝说自己："办吧，挣一笔钱，再干一件干净的行当。"这样，客人再来，"黑女子，黑女子"喊叫的时候，她就脆生生地应着。这样，她的发廊就随着"黑女子"的喊声在小城里红了起来。她呢，差不多成了小城名人了。

　　铁路修通的时候，她妹妹大学毕业了，扣去一应的花销，她也挣了一笔钱。有了这笔钱，她也有了一大串的关系，她利用自己的关系给妹妹找了一份体面的工作后，就把发廊卖了。卖掉发廊，高速路开工了，她去买了辆翻斗车，然后又用开发廊建立的关系开办了一家采石场。她想用自己的勤奋和努力，改变自己的命运，改变自己的形象，她真的不喜欢"黑女子"的称呼，因此，她对待工人很好。也由于她对工人很好，工人们也很卖力，采石场的生意很好。生意好了，她更操心为她干活儿的工人了，有时去送送水，有时去看看安全措施，每天都要到工地上去转几圈。可谁也没想到，一天几圈，竟然要了她的命。

　　那一天是个晴天，坐在家里她觉得口焦舌干，喝了一杯水，她就随车给工人送水去了。趁工人喝水的那一刻，她去看看有没有什么危险的地方提醒工人注意。可是，就在她走到石场的时候，山岩上一片石头落下来，喝水的工人眼睁睁地看着她被埋在里头。

　　黑女子就这样死了。她死了，熟识的人忍不住叹息一声，怎么就死了呢？她真的是死了。她死了以后，人们说起她的时候仍然叹息不已。

想和大楼照张相

王培静

　　元旦过后,天气一天比一天冷。再待十多天,工地停工,就要回家了。这天,民工山娃偷偷跑到了他过去干活儿的工地——那儿已经是一个现代化的小区。

　　走近小区,他看门口有保安站岗,脚步一下子迟缓下来。三年前,进驻工地时,这里还是一片平地。他们住在自己搭起的简易工棚里,夏天热不说,成群结队的蚊子,简直想把人身上的血喝净;冬天,寒风简直能吹进人的骨头缝里去。一栋栋大楼在他们的辛勤劳作下,像拔节的麦子一样长高了。

　　他心中生出要来照张相的想法,还是好几天前。那天,他和老家的对象小慧通电话:"小慧,我快回家了,给你买了一件羽绒服,可漂亮了,又厚又软和,你肯定喜欢。"小慧小声说:"你瞎花钱干什么? 我不缺衣服穿。"他说:"你还需要点什么?"小慧想了想说:"你们干的工程完了?"他得意地说:"早完了,那个小区建得可漂亮,人家城里人已经住进去了。"小慧说:"我不信,你净吹牛,要不你去站在楼前照张相拿回来,到时候人家问起你在城里干什么,我也可以拿出来给他们看看。"他高兴地说:"行,听你的,哪天我去照张相,带回去。"

　　下车后,他一边走一边想着心事。走到了那个小区的大门口,他笑着对保安说:"兄弟,我原先在这个工地上干活儿,想进去站在楼前照张相作个纪念。"那个保安上下看了他好一会儿，冷笑着说："想进去？"他说："想。"保安不冷不热地说："惦记上这儿了？"他说："对，我进门照张相，马上就出来。"保安说："这个院里有你认识的人吗？"他想了想，笑笑说："没有。"保安说："你有出入证吗？"他说："过去有，是施工队统一办的。"保安又上下打量了他一阵说："别在这儿和我费口舌了，看你穿得干干净净的，哪像个民工？想从我这儿混进去，你就死了这条心吧。"

他想解释什么，看保安的脸色很难看，把想说的话又咽了回去。他转身往回走。他在小区周围转了好久，也没有找到一个合适的角度能照张相。没办法，他悻悻地向来时的车站走。因为自从接受了小慧叫他来和大楼照张相的光荣任务后，他心里一直很兴奋。为今天来照相，昨天他洗了澡，理了发，早晨又换上了回家才肯穿的体面衣服。没想到保安说他穿得不像民工，难道民工就不能穿件干净衣服？

走到车站，他心有些不甘，和大楼照不了相，回去怎么向小慧交代？他也想过，找个别的楼照个相算了。但那弄虚作假的事他自己都接受不了，何况是承诺女朋友的事？

他又迟迟疑疑往回走，走到他要进的小区门口，看到看门的保安换了，他心里一阵窃喜。他问保安："兄弟是哪里人？"小保安笑着说："我听出来了，你是山东人吧？"他提高声调说："兄弟，你真厉害，俺是山东人，你一下子就听出来了，你也是山东的吧？"保安说："我是山东菏泽的，你是？"他说："我是肥城的，咱们老家离得不远。"两个老乡聊得很投机，当他说明了来意，小保安打电话喊来了一个人，对那人说："你替我盯会儿岗，我去帮老乡照张相。""对了，你没带相机吧？"保安问他他掏出手机晃了晃说："用这个就行。"保安老乡说："这个照出来效果不好，走，跟我去拿相机。"

跟着保安老乡走进了地下室的宿舍，刚才还和老乡有说有笑的山娃呆住了，刚才不让他进门的那个保安也直愣愣地看着他。那个保安突然站起来说："楚天胜，他没有这个小区的任何证件，你不但放他进来，还把陌生人领到我们宿舍来？"保安老乡看看这个，又看看那个说："怎么，你们认识？"山娃点了下头，又摇了摇头，脸上努力挤出一丝笑容来说："不好意思，刚才这位大哥上岗时，我要进来，他不让。我走到车站，不甘心又回来，结果碰上了你。"保安老乡说："他是我老乡，原先在这儿盖楼的，他老家的女朋友想看看他在城里盖的楼什么样，他想和楼照张相。我说手机照的效果不好，找人替一会儿岗，回来拿相机帮他照。"那个保安不依不饶地说："你随便向里放人，丢了东西怎么办？"山娃拉了下保安老乡的衣服说："对不起，要不我不照了，省得给你添麻烦。"保安老乡对他说："没事，你别管。"他转身质问道："你有什么牛的，不就来自个小县城？有本事你去告诉队长，老乡这个忙我帮定了。"

山娃离开时，眼里含着泪，紧紧握住保安老乡的手说："谢谢兄弟，我真是遇到好人了，这事不会对你的工作有影响吧？"保安老乡笑笑说："这点小事，不值一提，照片我给你洗出来，你后天来拿吧。让他告到队长那儿试试，他是后来的，可能不知道，保安队长是我舅舅。"

山娃离开时的步子轻快了许多，他不但和大楼照了相，还认了个好老乡。

二 月

梅 寒

三叔下岗，把住了几十年的老房子卖了，投资开了家家具厂。他却不想走大众路线。三叔说，他想赋予每一块木头灵魂，让每一件家具都会说话。

广告已经发出去整整半月，那个能赋予木头灵魂的人却还没有到来。三叔等得有些绝望了。那天中午，他连午饭也懒得吃，伏在办公桌上迷迷糊糊就睡着了。

"屋里有人吗?"尖细，高亢，中气十足的声音。

半睡半醒之间的三叔肩头一震，急急地抬起头，探了身往门外瞧。门外空无一人，只有树上的叶子左摇右摆，在白花花的水泥地上印一地凌乱的影子。

哈，做梦了。三叔揉揉惺忪的睡眼，摇头苦笑。

"哎，看哪儿呢? 人在这里。"那声音再次响起来，就在三叔的近前，像从地底下发出。

三叔一惊，循着声音找过去，嘴巴都惊得合不上了。他的办公桌前面，站着一位身高不及桌面的小矮人，身高至多半米，年龄却无法断定。小矮人的脑袋硕大，国字脸，浓眉大眼，正咧嘴冲着三叔笑得灿烂，露一口参差不齐的牙齿。若不是看到小矮人蓝色外套下那短小得几乎可以忽略不计的两条腿，三叔会以为他只有半截身子。

"别发愣了，叫你们负责人出来吧。"人不高，语气却大得吓人。

"你这是……"三叔呆了。

"路边电线杆子上的招聘广告不是你们贴的？我是来应聘的。"

"咳……你……"听对方是来应聘的，三叔扭了头，借咳嗽将一只手遮在了嘴巴上。

"瞧不上是不是？没有金刚钻不揽瓷器活儿。少废话，叫你们老板出来。"来人边说边兀自迈动两条短腿儿向屋角的沙发走过去。三叔这才看见，他屁股后还挎着一个鼓鼓囊囊的黄旧军用背包，背包几乎要打到他的脚跟儿上。

"我就是。"三叔说。

"那好。有木头吗？拿一块来。成不成先看看咱手艺。"

门后正好有块截下来的边角废料，是一块疙疙瘩瘩的枣木。三叔走过去顺手拾起来扔给了他。

面对一截无形无神的老枣木，来人不用刨，不用锯，只用一堆大小不一的雕刻刀，左旋右转，木屑雪花一样簌簌地落。刻完了，鼓着腮帮子就着刻好的物件轻轻一吹，细细的木屑飞起飘落。三叔的眼睛都看直了。方寸之间，车、马、炮、卒……形态各异，神采飞扬。小矮人竟用那块废枣木，顷刻间给三叔刻了一组棋子。棋子颗颗圆润，粒粒泛着木香。

"师傅，多有怠慢，请问如何称呼？"看到矮人递上来的棋子，三叔的眼睛立马亮了。

"叫我二月。"

二月自此成了三叔的得力助手。进料，雕刻，算账，与客户讨价还价，二月似乎无所不能。他曾以十块钱一棵的单价给三叔进了一车子几十年生的杏树、枣树，又把那些十块钱一棵的老树做成价值几千块钱的梳妆台卖出去。

二月不光成了三叔事业上的得力助手，还成了三叔的棋友和酒友。劳作间隙，二月与三叔在院角的石桌上摆上一盘棋，那方小小的棋盘上便狼烟四起。三叔左冲右突，二月不疾不徐却步步紧逼，最终的结局自然是三叔被杀得落花流水，一败涂地。

"下棋这东西,不是你记住了几步路,而是几步路后面的那片空旷,要有春夏秋冬、雷电风雨、江海湖泊,要让你的对手走不出你的天地、上不了你的高山、下不得你的峡谷。你前面布得再好,后面的天地散了,上前一步就是死地。"三叔阵脚大乱,二月不慌不忙地说。那一番话,如孙悟空的定身法,一下就将三叔举着棋子的右手定格在半空。

二月的半米身躯里,到底还藏着多少神奇?二月在此后的日子里,就着两碟小菜一壶小酒不紧不慢地跟三叔讲着。

二月没上过学却知晓天文地理,读过的古书典籍居然比自称文化人的三叔还多。

二月曾经是富甲一方的破烂王,后来做烦了就转让给了别人。

二月在三十五岁那年娶回镇上最漂亮的女人,让全镇的男人都忌妒得发疯。

南京莫愁湖公园重建,园里的亭台楼阁、雕梁画栋,有二月的精湛刀法。

…………

二月在外面游荡累了,走到三叔的招聘广告前,顺着广告上的地址找到了三叔。二月说,他来,可以让一个家具厂从此活起来。

"你是人吗?"与二月喝酒喝到酣处,三叔眯缝着眼睛似笑非笑地问。

"你才不是人。"

"我是说我觉得你是神——这世上好像就没有难住你的人和事。"

"哼,难住我的人还没生出来,难住我的事……不说了,喝酒。"

二月一仰头,一盅酒又下了肚。

那天,三叔和二月都喝醉了。

半夜里,三叔起床到院子里小解,清冷的月光下,却见一团黑乎乎的影子,一次次往院墙上扑。扑上去,烂泥一样滑下来;滑下来,又扑上去……三叔正欲上前看个究竟,却听到那熟悉的尖细声音:"我就不相信,我翻不过你这栋破墙!"

是二月。他在挥动着他的小短腿儿,一次又一次,试图翻过那堵矮矮的墙……

麦 香

王 艳

那时,工程队里有木工班、铁工班之类,据说因有了我们这十几个刚参加工作的女子,才开天辟地有了第一个女工班。我总嫌女工班的活儿累,天天眼巴巴地盼望下班。

一同参加工作的一个老乡哥哥,以其卓越才能当上了队长。按说,我们也算是"同榜进士"。总算天可怜见,一个午后,天阴沉着,若有若无地飘着小雨,他神采奕奕,就站在队部简朴整洁的石头房前,通知路过的我们班长,点名让我到炊事班上班。我确定,这是史上最便捷最感人的调动。

从女工班到炊事班,有一个稍陡的土坡,我雀跃着,鼻尖上顶着细小的雨丝,一路小跑。班长把我分到了白案。我审慎又恭敬地进了一个房间,几个人围着个大面案子,那个系着白色长围裙、腆着大肚子的长者是负责人。胖子长者正弓腰使劲地揉面,抬眼朝我笑笑,说:"坐那儿跟着揉面吧。"

我喜欢这样每天每天地做馒头。下午,一个结实的午休之后,耿叔不紧不慢地从宿舍出来,一边系围裙,一边哼着"辕门外那三声炮,如同雷震,天府国里走出来我保国臣,头戴金冠……",两袋雪白的面粉呼的一下倒在面案上。我和耿叔是老乡,也只有他开创性地在我的名字前加上一个"小"字。说真的,爹娘还没有这么喊过我。他就那样用地道的家乡话大声大声地喊,无以言说的优越感、虚荣感,像发酵得极暄腾的面,充溢着我的内心。那时,我们离家三千里地,都有很深的乡愁。

我们面对面六个人,统统由耿叔分出六份脸盆大小的面块儿,经过数次盘揉,随后,又交与耿叔。他稳稳站在完全醒好的总面块儿前,一下一下,娴熟地搣出一团又一团决定馒头大小和质量的面块儿,顺着面案扔向每个人,小面团飞快地滚出几条道路。每人双手上阵,一手揉一个馒头,都是胳膊上的劲儿。揉面、发面、醒面,再揉面、成型、上笼,其间,我们的话题无所不包,房间内笑语翻飞。足足够三百多人吃的馒头,就在工人们下工之前香喷喷地新鲜出炉。一个个馍就像一个个白胖胖的娃娃脸,拥挤在硕大的竹筐里。有一个东北小伙拿着碗过来,没等他开口,我们就会说:"两个馒头,一份土豆丝。"他憨厚地笑笑,因为我们几乎每一次都说对了。隔着窗口,河南人、陕西人买了馒头,一大口下去,鼓着腮帮子,边走边嘟囔:"这鳖孙耿胖子,蒸的馍怪好吃哩!"四川人是说:"耿胖子,会蒸个馒头嘛!"

其暄软麦香,其均匀个头,其纯白圆润,真是出神入化。耿叔就得意地笑笑,眼睛眯成一条缝,打菜的勺敲一下盆沿,说:"快塞住你的猪嘴去。"他心情不好时,笑也不笑,圆眼睛使劲瞪着,脸黑黑的红红的,一语不发。

是哪一年哪一月哪一天,我不记得了,但是,一定是一件很小的不值一提的小事情。那是"同榜进士"视察炊事班工作不久的一个午后,我以自己都难以相信的决绝武断对耿叔尖声叫嚣!不知道是不是凭了他对当红"进士"的一点点偏袒,是不是凭了一直以来他父亲一样的关怀,是不是凭了自己的无知无畏与——无耻。

白案红案边,个个目瞪口呆,停下手中的活儿,望向我这边。

耿叔显然始料不及,涨红着胖胖的脸颊,语无伦次。显然,他的语速、他的激愤,远远在我之下。我不依不饶,像一辆失控的高速行驶的跑车,一意孤行,愈战愈勇。

那个傍晚,耿叔在宿舍里,没有出来卖饭。炊事班里,弥漫着淡淡的寂寥。下班时,我腿如灌铅,艰难缓慢地走在那个稍陡的土坡上,夕阳映着我光滑饱满的额头。我不能解释自己这是怎么了。

一段时间，没有听到悠长的"辕门外那三声炮……"；一段时间，他只拿眼睛瞪人；一段时间，我和他形同陌路。我心里明明五味杂陈，却硬撑着，故意在炊事班穿梭着快乐地唱："南屏晚钟，随风飘送，它飘呀飘到了我心里梦……"而小面团似乎若无其事，依旧会向我滑来。我拿捏着端着，执意不表示想和解。我没有低头，我要赢得彻底。可是，那又有什么意义？我不知道。

二十多年后，在一个玫红色、嫩黄色的烧汤花灼灼盛开的黄昏里，我在一个浅色瓷盆里兑面，揉面。我要蒸一锅家人喜爱的手工馒头。自从离开那个地方，离开炊事班，我再也没有揉过面，这件事似乎已经湮没在厚厚的尘埃之中。我笨拙地思忖着面与碱、面与水的比例，醒面的时间和火候的大小。忽然间，往事翻涌上来。我默算着，耿叔应该有八十岁左右——和我父亲差不多。我颓然地坐在厨房间，一点一点回忆那场剑拔弩张的舌战，我生怕漏掉任何一点细节。甚至回忆起，那天，我竟然用指头——那根可恶的右手食指，指着耿叔的鼻子，叫嚣着："你能怎么着我?!"

我知道耿叔的家乡，我要去郑重地看望他。到时，我绝对不提那次吵架，就当根本就没有过，像女儿般用手温柔地安抚他如霜的鬓角，用最和风细雨的话跟他说说养生，说说那好吃的馍，说说二十多年的离别，说说我的成长。如果，那个曾写信惹他难过的儿子不孝顺，我就接他到我家。耿叔一定会腼腆地拒绝，跟我说话时，名字前一定还会加"小"字，那真是别提有多暖。但是，我怕耿叔他已不在……人世了，这也不是没有可能。我更加颓然地绝望地坐着，心紧紧地揪着。

事情来得这么快，这个星期天，朋友们相邀一块儿游玩，他们叽叽喳喳，最终确定了一个地方，我大惊失色，那地方是耿叔的家乡。那天，初秋的阳光明媚，犹如二十年前的好青春。第一站是市区的景点，我心不在焉，看到存车的老汉、卖花生毛豆的老翁，还有街边的环卫老人，就多看人家几眼，想着可能是他。不知道耿叔老家是市区还是乡下，就当是乡下吧。第二站，我们热热闹闹地去看黄河，中午在黄河边小村庄的农家吃午饭。我踯躅着，看见有红对联的瓦房、有白瓷砖的小楼、有农用车的小院,就想,倘若那是穿着白色工作服、腆着肚子、系着有一片污渍的白色围裙的耿叔家……现在找人不是一件很难的事,同事那里,老乡那里,还有微博、电话、搜索引擎。那天,回城时,望着万家灯火,心里有一丝丝的释然,在心里寻找了一天,似乎就是真的找了一天;还有一丝丝的沉重,其实,根本也没有尝试去找。我甚至连耿叔的名字叫什么,都完全地想不起来了。

我害怕那个伤会再次触痛他,担心无论多厚的尘埃也遮盖不了我脸上羞愧的酽红,多大的勇气也载不动那重重的内疚。

我只是,在窗前烧汤花开放的厨房里,成功地掀开一锅散着醇厚麦香的馍,向那一个个白胖安恬幸福的娃娃脸行注目礼;只是谦卑地感念,那小小山坳里的女工班、炊事班,那青涩的青春,那花朵般的年华。

只是徒然地想起着那句:我们面对的邪恶,是我们每个人内心深处的邪恶;我们面临的丧钟,是我们每个人内心深处的丧钟。

英国诗人约翰·多恩说:"没有人是座孤岛,独自一人。每个人都是一座大陆的一片,是大地的一部分。如果一小块泥土被海卷走,欧洲就是少了一点,如同一座海岬少了一些一样;任何人的死亡都是对我的缩小,因为,我是处于人类之中;因此,不必去知道丧钟为谁而鸣,它就是为你而鸣。"

我终于知道,对耿叔的伤害,就是对我自己的伤害。这,简直就是一定的。

辞 行

韦如辉

父亲站在十层高的脚手架上,灼热的南风从空旷的城外吹过来,父亲像一尊贴在墙上的活标本。

我放下肩上的旅行包,冲高高在上的父亲高喊一声:"大(淮北人喊父为大)!"我喊出去的话,如箭似的被风拦腰折断,父亲没能听到儿子那一刻动人的呼唤。

我双手弯曲成喇叭筒状,冲父亲所在的方向,再一次高喊:"我是立新,大,听到了吗?"

父亲听到"立新"的字眼儿,本能地低下头,才发现儿子就在自己的脚下。脚下,除了儿子,还有成堆的沙石和轰轰隆隆转个不停的搅拌机。

父亲拿起挂在屁股后头的扬声器,焦急地冲我喊:"立新啊,怎么现在来了,有事儿?"

父亲从乡下来到城里,又从城里的地面爬向城里的高空,父亲有着自己的盘算。高空作业每天六十元,在地下工作每天只能得到三十元。贫穷而要强的父亲选择了高空,选择了一天六十元的工作。

我继续对父亲喊:"大,我要走了。"

"走?"父亲疑惑地再低一下头,"你上哪儿去?"

我说:"去广东。"

父亲果断地说:"那不行! 家里只有你娘一个人怎么行?"

母亲也不同意我上广东,虽然广东是个遍地流金的地方。母亲哭肿双眼,力阻我出去打工。但是,对于广东,我是下决心去定了。村子里像我这样的劳力,早已去了广东。我在家几乎一天都待不下去了。

我继续对父亲喊:"娘说了,她行!"

父亲仍然坚决地说:"那不行!"

停在路旁的客车司机急促地按着喇叭,意思是说,别磨蹭了,再不上车,就不等了。

我没有再和父亲多说一句话,挎起背包,毫不犹豫地踏上客车。

客车留下一路长烟,把父亲歇斯底里的喊叫甩得越来越远。

广东确实是个好地方。我同父亲干一样的活儿,居然能比父亲一天多拿一倍的工钱。我常常在梦中自言自语地说:"大啊大,广东确实是个好地方。"

年关,我腰包鼓鼓地回到家。我想让父亲和母亲惊喜一场,突然在他们面前掏出那么多花花绿绿的票子。或者,父亲得意扬扬地叼着烟,连声地夸我是个孝子。母亲眼里噙着泪,为自己有个有出息的儿子而感到无比幸福。到了村头,我说话的声音如同打炸雷。我想让村子里的孩子们提前告诉父亲和母亲,他们的儿子回来了。

父亲拄着双拐立在门前,母亲的哭叫瞬间漫过村头。我说:"大,你这是怎么了?"父亲低下了头,只给我一个佝偻的脊背。我急不可耐地问母亲:"娘,大这是怎么了?"母亲的哭叫声更大了,仿佛家里死了人。

父亲是在我去广东的第二天,从脚手架上掉下来的。

父亲从十层高的地方掉下来,正巧挂在二层的脚手架上。工头的第一句话却说:"王贞虎这家伙,脑袋进水了,怎么不系安全带?!"

二层的脚手架显然救了父亲一命,却使父亲永远失去了左腿。父亲的左腿,可是我们家的一根顶梁柱啊。

由于我的安全归家,那个年,我们家过得还算不错。父亲仿佛暂时忘掉了他的不幸,褶皱的脸上,有时还泛起几丝难得一见的笑意。母亲房前屋后地张罗着过年的东西,厨房里飘出香喷喷的肉味儿。鞭炮声已从远处的村庄响起,而后响在村子的东头,从东到西,依次响起鞭炮的爆炸声。我也点燃一挂鞭炮,响当当地炸起对来年的希望和对未来的梦想。

年,好像是飘在路边的几片枯萎的树叶儿,很快就被东来的风吹得无影无踪了。

吃过初五的早饭,我对母亲说:"娘,我马上就去广东。"

父亲蹲在墙角抽着劣质的烟,一双被太阳光照得十分刺眼的不锈钢双拐卧在他的身旁。父亲没说一句话,只让满脸的愁容肆无忌惮地在自己头上和脸上蔓延。

母亲掉下眼泪。母亲的眼泪好像一点儿都不值钱,竟十分随意地再一次掉下来,漫不经心地打湿她脚下的尘土。

我背上沉重的旅行包,低头走在去县城的乡村小道上。父亲紧随其后,一双铁拐被他弄得吱吱作响。我说:"大,回吧。"

父亲不说话,喘气的声音越来越粗,仿佛一头犁过田的老牛。

待走到土路与柏油路的接口,父亲终于停下自己的双拐。我向父亲挥一挥手,再一次对他说:"大,回吧。"转过身去,我眼睛里塞满了石子般坚硬的泪水。

农 忙

韦如辉

过了年,男人就要回南方。南方是个迷人的好地方,有无数男人想要的东西。

女人一脸阴云。绕在她身边撒娇的小狗,被她愤怒地一脚踢出老远。

男人回过头说:"狗惹你了?"男人觉得说重了,又补了句:"还是我惹你了?"

女人仍不悦,嘴噘得可以挂油壶。要是在平时,女人会笑,笑得花枝乱颤。

女人送男人出村,到涡河边。

男人说:"回吧。"

女人不回,扭头望着清清的河水。水清如镜,一群不知名的小鱼儿在水里游来游去。

男人上去拉女人的手。女人手里有汗,热腾腾的。男人想搂一下女人,目光中是阳光下透明的平原村庄,村头的晒场上有三五个孩子在玩游戏,男人的动作没有完成。

男人抛下一句话:"麦熟就回。"

日子过得真快,如同不停运转的陀螺,眨眼到了麦熟的季节。

遍地的金黄啊,空气中塞满浓郁的麦香。

家家户户都忙着收麦。

女人不忙。女人坐在树荫下,等男人回来。

有一辆收割机轰轰隆隆开过来。灰头土脸的司机问女人:"收不收?"

女人摇摇头。

收割机开走了,留下一屁股黑烟。

女人撩了撩刘海儿,眼巴巴望着涡河那边的方向。

满地的麦子收完了,只剩下女人地里的一片金黄。

一场暴雨说来就来了。而且这场暴雨,就像一个喋喋不休的泼辣女子,令女人无比心烦。

男人回来的时候,麦子烂在了地里。

男人将一把钱甩在桌子上,一头扎进烟雾弥漫的牌场里。

女人说:"吃饭哩。"

男人没抬头。

女人又说:"饭热三遍了。"

男人仍没抬头。同样没抬头的还有男人的牌运。男人从南方带回来的钱,没几天就打了水漂。

天终于放晴了,女人在地里捞生了芽的麦子。女人想,哪怕剩一把柴,也要捞上来。

涡河的水涨得很快,如女人饱满的奶水奔流不息。

男人心事重重地走到涡河边,又心事重重地回来了。

男人想抱一下女人,女人灵巧地闪开了。

院子里有两只鸡,不知疲倦地调情。女人扔出一根杨树棍,鸡们咯咯嗒嗒地跑远了。

男人不走了。男人想,等种上豆子秋忙以后再走。男人把自己的想法告诉女人,女人正在梳头,仿佛没听见。

有一天,东庄的米朵来找女人,她们要去南方。

男人送到涡河边。

男人问:"什么时候回?"

女人说:"等秋忙吧。"

秋忙说来就来了。男人在地里干活儿,心里想着女人该回来了。

米朵从涡河岸边路过。男人打听,女人什么时候回来。

米朵说:"快了。"米朵的样子很诡秘,说着笑着晃着腰走远了。

男人想,这女人,真有意思。

秋忙过了,女人还没有回来。

男人急了,男人去了南方找女人。

地里一片金黄,又到了一季农忙。

涡河边有一块肥地抛了荒。草长得旺,养了一群没上绳的羊。

路过的人摇头叹息,说:"可惜了。"

赶场子

孙道荣·

排了三天三夜的队，仍然没买到回老家的车票。又不能与妻儿团聚了，张三宝很郁闷。他已经整整三年没回过家了。张三宝的这个年，只能孤单地留在城里过了。

春节前几天，工厂就停产了，绝大部分工友和老乡，都返乡了，张三宝形单影只。大年三十，他早早吃了一碗肉丝面，就当年夜饭了。简陋的出租房里，连电视都没有，春节晚会也看不成。张三宝想，那就早一点儿睡觉吧，正好把以前天天加班所欠的觉补回来。

手机忽然响了。张三宝以为是老婆打来的，一接，竟是工地上的一个老乡。老乡兴奋地对他说："睡啥觉啊？赶紧到我工地上来吃年夜饭。"真没想到，老乡还惦记着自己。张三宝一骨碌爬起来，蹬着破旧的自行车，向老乡住的工地赶去。

工地不是很远，十几分钟就到了。工地门口，停着一溜高级小轿车，张三宝狐疑地走进工地大门。工地前的空地上，临时支起了一个巨大的帐篷，摆放了十几张八仙桌，很多人在忙碌着。围着桌子，已经坐了不少人，张三宝一个也不认识。张三宝丈二和尚摸不着头脑。他在一张桌子旁找到了老乡，还没来得及问老乡是怎么回事，只听有人高声喊道："领导来了，大家热烈欢迎！"张三宝机械地和大家一起站起来，鼓掌。一个气宇轩昂的人，在众人的簇拥下缓步走了进来,后面还跟着几个扛着摄像机的。

领导在中间的桌子旁坐下后,一个富态的中年人高声说:"领导今天特地来到工地,和农民工兄弟一起吃年夜饭,下面我们用最热烈的掌声,欢迎领导做重要讲话!"领导开始热情洋溢地讲话。老乡轻声对他说:"老板临时接到通知,说领导要和农民工们一起吃年夜饭,可大年三十,上哪儿找那么多民工啊?所以老板就动员我们将认识的老乡和工友都请来。"原来是这么回事。张三宝惊讶得张大了嘴巴。领导的话说完,开始上菜了,哇,鸡啊鱼啊海鲜啊,摆了满满一大桌。张三宝看着丰盛的菜肴,不敢下筷子,他问老乡:"不会吃完了要我们出份子钱吧?"老乡笑了:"瞧你这乡巴佬的样子,这次有人埋单,不会收钱的。"正说着,领导在一帮人的簇拥下,给大家敬酒,几台摄像机对着满面红光的领导,还冲着他们这些民工扫了个来回。

领导象征性地吃了几口菜后,就离去了。剩下张三宝和那一大帮不知道从哪儿找来的民工兄弟,一起美美地大吃了一顿。

大年初一上午,迷迷糊糊的张三宝被一阵手机铃声吵醒。是昨晚饭桌上刚认识的一个工友打来的。工友对他说:"赶紧到解放路来救急。"张三宝刚想问有什么急事,对方匆匆说一句"来了就知道了"就挂了电话。张三宝骑上破车,心急火燎地赶到解放路,找到了那个工友。一个穿制服的男人给他和工友各发了一件黄色的马甲和一把扫帚,告诉他们,今天有领导要来慰问,一时找不到农民工,让他们临时顶替一下。张三宝刚穿上马甲,就看到一排小汽车驶了过来,下来一帮干部模样的人,后面还跟着几个扛着摄像机的。领导不但和他握了手,还从工作人员手中拿过一个红包,送给了他。那一刻,几台摄像机同时对着领导和他。扛摄像机和拍照的人,还让他用双手将红包捧在胸前,做出幸福的样子。他憋红着脸照办了。

领导的车队走了。穿制服的男人将他们的马甲和扫帚都收了回去。"还有红包呢?也要交回来的。"张三宝不情愿地将红包掏出来交给制服男,制服男给他们每人发了五十元作为报酬。

虽然红包被收了,但好歹有五十元,这还是让张三宝很高兴。下午,又有一个工友打电话,让他到一家化工厂去,说领导要去那儿慰问一线工人,让他去顶替一下。张三宝又马不停蹄地奔了过去。

年初二,有人通知他到市里最大的广场去,上头在那儿搞广场联欢,急需一群民工模样的人。年初三,有人通知他赶到一处民工公寓去,说有领导要上那儿送温暖,可公寓里原来住的工友都返乡了,急需一群农民工模样的人……

张三宝绝没想到,他的这个年,过得如此忙碌、幸福、温暖。

在骑着破车赶赴下一个场地时,张三宝突发奇想,要是天天过年,那该多好啊。

偶然事件

王明新

何二与杨三从脚手架上下来撒尿,何二看见公路尽头有个女孩骑着自行车越来越近。何二说:"兄弟,你看那个女孩大腿白不白?"杨三瞟了一眼说:"我没你眼好,看不清。"何二说:"走,我让你开开眼。"他们迎着女孩走过去,女孩近了,他们看见女孩虽然穿了条裙子,但只能看见小腿看不见大腿。杨三说:"能吧你,看见她大腿我输你一盒烟。"何二没搭话,迎着女孩说:"小妹妹,跟你打听个人。"女孩慌忙下车,腿一抬裙子被风掀起来,雪白的大腿露出来半截。何二煞有介事地说:"何老歪你知道住哪儿吧? 他娘让我给他捎个话。"女孩说:"他是哪单位的?"何二装模作样地挠着头说:"什么……什么单位来着? 看我这记性,怎么给忘了呢?"女孩说:"那可不好找。"说完,骑上自行车走了。

女孩一走,何二笑了,杨三也笑了,杨三心疼地掏出一盒"青州"递给何二。何二拆开封口,抽出一支点燃,幸福地抽起来。不敢耽搁太长时间,他们很快又回到脚手架上。

因为被两个陌生人截住,女孩刚才耽搁了两分钟。如果不耽搁这两分钟,她绝对不会遇上同事的丈夫。女孩的同事也是她的好朋友,刚生完孩子,几天前女孩还去医院看望过。今天是双休日,同事的丈夫从市场买了几斤泥鳅打算给老婆炖汤喝。喝泥鳅汤奶水足。看见女孩,同事的丈夫立即跳下自行车,两个人说了几句关于产妇和新生儿的话。说着话,女孩同事的丈夫从塑料桶中捞出一些泥鳅装进塑料袋,递给女孩说:"买得多,你拿回家炖汤喝吧。可鲜啦,听说还美容呢!"女孩本来不想要,但人家这么热情,不好拒绝,只好收下。

告别同事的丈夫,女孩犯愁了。女孩是海边长大的,不喜欢吃淡水里的东西,嫌土腥味太重。一抬头,女孩看见路边的建筑工地上有个用钢板焊的蓄水池。她想也没想,随手把塑料袋扔了进去,即将大难临头的泥鳅重获自由。

就要收工了,有个工人去洗手,忽然看见蓄水池里有鱼,还不止一条,蹿上来很快又蹿下去,立即惊奇地大喊大叫起来:"有鱼,有鱼……"

下了班的工人正在向这里汇集。怎么可能呢? 工人们天天在这个蓄水池里洗手、洗脸、洗衣服,从没人见过鱼,哪来的鱼呢? 几天不见荤腥,嘴馋了是吧? 做梦娶媳妇,想好事是吧?

何二与杨三也听到了刚才"有鱼"的喊声和工人们的议论,这时候他们在脚手架上还没下来。杨三说:"说不定真有鱼。前几天下过一场雨,鱼随着雨水漂过来。听说有的地方下雨还能从大街上捡到鱼呢。"何二说:"吹牛吧你。"杨三说:"打赌。"何二说:"还是一盒'青州'咋样?"因为风的缘故杨三平白无故输了一盒烟,现在还觉得有点亏,想捞回来。不过对蓄水池里到底有没有鱼心里没底,刚才不过是随便说说,见何二真的要赌,杨三有点犹豫。见杨三犹豫,何二说:"怎么样? 不敢赌了吧? 要是有鱼不只输你一盒烟,我还从这上面跳下去。"他们盖的这幢大楼已经到了三层,杨三往下看看,心想:何二说他从这上面跳下去,跳下去摔不死也得残废,因此他料定何二不敢。如果何二不敢往下跳,他就可以向何二要两盒甚至是三盒烟了,于是杨三立即说:"赌就赌。"

发现有鱼的工人是甲方派来的质检员,做事特别认真,见大家不信他的话,还挖苦他,立即从厨房拿来一把竹笊篱。他把笊篱伸进蓄水池,兜底往上一抄,几条半尺来长的泥鳅被抄上来,在笊篱中活蹦乱跳。工人们一片喝彩声。何二与杨三在脚手架上看得清清楚楚。杨三立即伸手向何二要烟。何二说:"我没烟,我从这上面跳下去顶吧。"见何二要赖,杨三有点恼,说:"跳吧,你跳给我看看。你要是不跳就输给我三盒。"

何二看见脚手架下面有堆沙子,他打算跳到那堆沙子上。可那堆沙子离脚手架有点远,要跳得费点力气,但绝对可以跳上去。何二站在脚手架边上运着气,杨三见何二真的要跳,害怕了,说:"别,别,烟我不要了。"何二本来还有点犹豫,听杨三这么说,有点小瞧自己的意思,心想:我何二是这么胆小的人吗? 正要纵身一跃跳下去,一只麻雀冷不防突然从何二眼前一掠而过,何二猛地来了个急刹车,但因为惯性的作用还是跳下去了。

如果不是那只麻雀,何二完全可以跳到那堆沙子上。因为那只麻雀的突然闯入,何二在离那堆沙子半尺远的地方一屁股蹲在了硬地上。杨三见何二蹲在地上不起来,手忙脚乱地从脚手架上爬下来,跑过去一看,见何二闭着眼,一动不动,一股鲜红的血正从何二嘴里慢慢地流出来。

黄洋上树

徐水法

　　黄洋那天晚上和伙伴儿一起上超市购物。返回租住的小屋时,路过江滨路,看到了马路两旁亭亭如华盖的樟树,心里突然冒出一个念头。

　　黄洋对伙伴儿说:"进城快半年了,一次也没有享受过爬到树上躺在树杈上的惬意。今晚时间还早,我们爬上树去玩一把,顺便还可以看看这江两岸的夜景,如何?"

　　黄洋的伙伴儿和黄洋都来自离这个县城百余公里的山里黄店村,他们从小一起上树捉鸟下溪摸鱼,一听黄洋说爬树,心里早痒痒了。

　　于是,两人把装有东西的包斜挎到背后,手攀足蹬,三两下就爬上了离地两丈多高的树上,各自找了根粗大的树枝,斜着躺下。透过树隙,仰面是澄澈的天空、疏朗的星星,这样的夜空在黄店是抬头就可以看到的,而在城里不找个高一点的地方,就没法看见囫囵的天空。城里的天空被密密匝匝的树木般簇密的高楼大厦割裂得零零碎碎,黄洋每次抬头看见的,总是那么一小块或一条缝隙般的天宇。

　　黄洋还看见两岸店铺的霓虹灯闪烁不停,七彩斑斓的灯光投射到江里,夜空下江水泛着耀眼的亮光,就像一大群游动的鱼,大小不一的光斑鳞片般闪个不停,直晃人眼。躺在城里的树上,除了灯光、星空,黄洋想不起还有什么值得一提的东西。这感觉太单薄了,和在老家黄店村的树上的感觉相比,

147

前者是一张纸,后者是一本书。

黄店村春天的树上,刚刚还是花团簇簇,一眨眼你在树上就可以躺着享受樱桃、桃子、杏的美味。夏天的树上有李、枣接力,秋天的板栗、绵软而甜的无花果、甜中带酸的猕猴桃、微涩而甜的柿子,你只管挑自己喜欢的口味吃。冬天的树上不结水果,去竹山挖冬笋吧! 累了乏了,挑一棵老竹子,在竹枝上挽个结,人就可以晃悠晃悠上下起落荡竹秋千了。

黄洋和伙伴儿在树上回顾黄店村四季的感受,说得口舌生津,一晃时间过去两个钟头了。说归说,在城里的树上虽比不上在黄店的树上,但比整天在工地里累个半死还要看人眼色不知要强上几百倍。

此后,只要天气晴好,黄洋和伙伴儿就会在夜晚相约到江边,坐在树上。夏天的夜晚,习习凉风从江面吹来,真是惬意到骨头深处。

每年岁末,黄洋都和伙伴儿一起结清工资,然后买点年货打点行装回村,今年亦然。买上了回家的车票,黄洋从车站返回住处的脚步莫名地轻松起来——终于可以回到阔别大半年的家了。

走过江滨路,黄洋突发奇想:每次都是晚上来爬树,今天下午反正没事,何不白天上树看看? 和晚上看到的会不会不一样呢?

黄洋找到一棵最大的樟树,"噌噌"几下,就爬到了大树上,站在一个大树杈上踮起脚四下观望,想着寻找惬意的风景。刚立定,树下传来喊声:"小伙子,有什么想不开的? 快下来!"

黄洋想我没有什么想不开的,就头也不转一下,继续看自己的。树下依旧有人高声说着什么,黄洋想,反正不关自己的事,依旧看自己的。

一阵警笛声由远而近,"嘎"的一声在树下停住。黄洋感到奇怪:警察来这里干什么啊?

"树上的人听着,有什么事下来说。树上危险! 是讨工资的事,还是家庭纠纷? 什么事都好商量,不要想不开,一切有我们警察做主……"树下的警察拿着话筒对着树上的黄洋高声喊起来,黄洋这才知道警察是冲着他来的。什么讨工资、家庭纠纷? 这哪儿跟哪儿啊! 黄洋心里不禁觉得好笑!

"树上的小伙子听着,我们是电视台的,你有什么委屈,下来和我们讲,我们电视直播;你有什么冤情,肯定会替你做主!"一个清脆的、焦急的女声喊道。黄洋低头一看树下已经聚了数百人了,心想,自己一点事没有,如果上了电视,那多丢人现眼!

他真弄不懂,自己在黄店村想什么时候上树就什么时候上树,自在而惬意;在城里自己因为上树,居然弄出这么大的动静来。这样下去还不知如何收场呢? 黄洋坐在树枝上,不下也不是,下呢又不敢,真的为难了。

黄洋后来是被消防梯接下来的,聚在树下的媒体记者一窝蜂地围上去问黄洋,黄洋就实事求是地说了。次日,各种关于黄洋的报道出来了。结果,县城里的市民十有八九说:"这个人脑子肯定有病。"

磕 头

余显斌

　　在矿上，经常地，领了工钱后，我们几个人会聚在一起，喝上两盅。很简单，山上太冷了，生活也太苦了，借这样的机会，改换一下口味。

　　当然，一般情况下，我们会避开刘根。

　　原因很简单，刘根太吝啬。

　　我们抽烟，散到刘根跟前，如果扔一根给他，他会不接，说吸不惯。其实，背地里，我看见他拾起地上的烟头，把烟蒂掐了，烟丝放入荷包，然后，拿出一个小小烟锅，有滋有味地吸。见了我们，他眯着眼笑，道，家种的烟叶，有劲儿。

　　这话，哄傻子去——一荷包烟叶能吸一年吗？

　　聚份子喝酒，开始，我们也请刘根入伙，劝他："人嘛，总要享受一下嘛，不然，挣钱又为啥？"

　　刘根笑，摇头，道："不敢吃肉，吃了就坏肚子，拉稀。"

　　"不吃肉，喝两杯酒嘛，热闹热闹。"我和他年龄相当，所以劝他。

　　他仍笑，不点头，也不摇头。

　　我就拉他，他仍是那么木讷，坚决不动。许久，嘴里蹦出一句话："不敢喝酒，一闻，头就发晕。"

　　大家一听，傻了眼。

但开始吃时，我们心里仍有点过意不去，去拉他来。他红着脸，死硬着就是不来。我使尽九牛二虎之力，死拉硬扯，将他扯到了桌子边。他坐在那儿，不拿筷子也不拿杯子，但禁不住大家劝，三杯两盏后，才让我们睁大了眼睛。这家伙，吃肉是一把好手；喝酒，也如梁山好汉一般。

但过后，再聚份子时，他仍推托，不过不是原先的借口，而是没领钱，或钱已寄走了。

几次后，大家商量，以后再这样，就不请他，或许他一眼馋，就入了伙。

这办法不错，大家赞成。

这天，又领了钱，捉大头，该我出钱请大家喝一顿。过去也经常受大家请，所以，我就买了酒，准备了菜。同时，也准备把刘根叫上。

大家都摇头，说再冷那小子几次，让他入伙。

我笑了笑，算了。

酒后，我们都忙着下井去了。到了下班时候，大家来到隧道口，准备出去。就在这时，上面一个吊斗呼啸而下，也不知是谁放下来的。

我站在顶前头，头脑还有一点迷糊，看见一个黑压压的东西压下来，呆了，一动也不能动。

"快让!"一声吼，背后被一推，我摔了出去。

随着一声惨叫，刘根被吊斗砸在地下。等我们醒过神，围过去，刘根人早已成了一团血肉，没救了。

他要不推我，是能避得开的。

可他竟然为推开我，把一个稍纵即逝的机会丢弃了。

我一把抱住那团血肉模糊的尸体，放声号哭："兄弟! 兄弟!"空空的隧道里，回荡着我的叫声，还有四周的啜泣声。

刘根死后第四天，家里人来了，一个残疾的妻子，还带着三个孩子——怀里抱着一个，手上拉着两个。

听他的妻子说，家里还有多病的爹娘。

我拿出自己的钱，还有兄弟们凑的钱，送给他妻子，可她怎么也不收。

刘根女人走时,抱着他的骨灰盒,让那个还在怀里的男孩给我们一个个磕头,她流着泪说:"他爹在电话里说了,经常吃你们的喝你们的,得你们的照顾,没别的还情,就让孩子代磕几个头吧。"

一句话,让我们又一次眼泪直流。

渐行渐远的村庄

黎 杰

一

村庄的出发,是从一条小溪开始的。

小溪如一弯新月,亮亮的,在农田阡陌间时隐时现。

潺潺的,小溪声音清脆,柔情,如响在深夜的琴弦,弹奏得空灵又悠闲。

溪中青苔丝丝漂浮,画面很美,水墨似的,幽雅,真实。

总感觉到一丝丝凉,凉得人心悸,凉得透心。从踏过田埂那刻起,那一股股的凉无处不在,躲也躲不开。

溪畔一些草,我好多叫不出名字。草也习惯开花,开很野很盛的花,满沟灿烂。

要寻找什么,要想起什么,仿佛不能了,什么都遥远了。

二

太阳出来,田埂上蒸腾起一股热气,很逼人。

村口,黄桷树下,母亲在呼唤。

穿上鞋子,我爬上溪岸。

"回来了,回来了。"

房顶炊烟袅袅升起,宁静村庄浓墨重彩起来,散发出乡村柴火的味道。

吱嘎——开门声,噼啪——柴火燃爆声,咣当——瓢盆碰撞声,汪汪——狗叫声,咯咯嗒——鸡鸣声,哞哞——牛吼声。

正午,除了这些声音,就是寂静。

"快洗洗,吃饭!"母亲端盆热水,盆边搭条毛巾,忙不迭叫洗手。

有一种深深的隔膜,无端生出,无法释怀,不知啥时,母亲变得生分了,这超乎寻常的关怀,让我接受不了,而又阻止不了。

母亲七十五岁,一个人孤苦伶仃守在乡下,不愿进城,这多少有些无奈。

说出"回来了"三字,很沉重。

三

午后的村庄静谧又空寂,一切仿佛静止下来。

唯有微风,唯有阳光,脚步缓慢,盘旋缠绕;树叶绿得碧了眼,地上碎银似的光斑层叠闪烁。

慵懒,闲散,碗筷一丢,洗涮、喂牲畜、泡衣服等家务忙完,母亲背上背篓到自留地给小菜掐尖、打杈,清理地里杂草。

小时常跟着母亲去地里帮忙,说是帮忙,其实是添乱,追逐花间蜜蜂,踩坏南瓜苗,薅草时铲除菜蔬,摘下花朵揣怀里,遍地寻找蛐蛐,撬松泥土,冒出的幼芽被踩回泥土。母亲的嗔怪却让我嬉笑不已,大声呵斥的声音中,我落荒而逃。

父亲去世后,家里更显压抑,母亲成为家中主要劳力,那时我们不醒事,照样调皮和无忧无虑。多年后回家,时常想起父亲,想起他劳累后的疲惫样,父亲吃完饭就爱躺在竹椅上,旁边燃起堆浓烟的情景总在脑海萦绕。我怕父亲,他眼神严厉,从来没好脸色。我从来不敢正眼看他,迫于贫困与无奈的父亲,是生活压得他喘不过气。他面对贫困选择沉默,选择严厉。他对我们几个期望很大,他只能教会我们生活,只能对我们严格,他的爱只能选择这种方式,让我们接受不了的方式,或者说是理解不了的方式。

城里生活节奏太快,我们似乎忘了村庄,村庄遥远起来。

可是不能提到村庄,一提到就会心酸、流泪。

四

草垛还在,伊人不在。

草垛不是原来的草垛,形状却保持完好。

草垛离家只有两条田埂的距离,在小芳的房子后。

小芳屋后的田埂是我家柴山,田埂上长有很多柏树,大棵大棵的。枝丫是我家灶前的柴火,灶膛里燃起的烟好香好香。

割下柏树下半部枝条,草垛就扎在柏树上。扎草垛有讲究,如果从地面一直扎起,这棵树肯定毁了,因为稻草集中在一起,发出的热量足够把柏树烧死。草垛离地得有一定距离,这样就形成很好看的草垛,仿佛纺线的坠子,两头尖,中间凸。

就这么一个空间,成为我们儿时玩耍的天堂。小芳很美,是乡村最为质朴的美,一双大眼睛扑闪着,充满好奇与智慧。一村子的小朋友都爱听她讲话,都爱围在她周围,听她讲故事。小芳唱歌好听,比村头树上广播播放的歌曲好听多了。她唱歌时,我就在旁边吹笛,笛声悠扬,歌声婉转,趴着支起耳朵听歌的小伙伴都入了迷。乡村夏天的夜,神秘,温馨。

大伙儿都喜欢小芳,喜欢与她在一起。

后来,小芳远嫁他乡,我们几个愣头青聚了几次,感觉没意思,都散了。

后来,我也有了我的新娘,但我诗中还反复出现草垛意象。

五

山高水高,村庄在半山腰上。

清晨,各家屋檐飘出的炊烟缭绕在树尖、房顶,与山间雾岚纠缠。

山泉从山中巨石缝流出,滴答有声,旁边滴出一深潭,水清冽。垒垒石块圈出椭圆泉井,潭中青苔青绿,丝丝缕缕,摇曳多姿。

阴浸,凉爽,泉水叮咚的声音,鸟雀鸣叫的声音,落叶坠地的声音,岩土开裂的声音,树木生长的声音,汇成优美宁静的旋律,百听不厌,百读不厌。

木桶咣当着来了,铁皮桶当当着来了,村里汉子来了,洗衣村姑来了,小木凳斑驳着来了,凉椅吱嘎着来了,蒲扇摇晃着来了,村言俚语叽喳着来了,打情骂俏的诨言碎语来了,这里汇集成村庄最为热闹的市场。

话题,都是永久性话题,百谈不厌的话题。

山泉可以了解村庄,话题可以折射村庄。

山泉从古流到今,见证了村庄历史。

六

不常回,村庄已然陌生起来。

村头黄桷树依然,小路依然,村落依然。

山中草木丰茂了,山中巨石不在了,山泉泉眼变小了,村里人减少了,鸡鸣狗叫的声音稀少了,村庄安静得令人窒息。

高速公路横穿村庄,村庄一分为二,车流无声驶过,路面空留阵阵震颤。

大巴在村庄前一晃而过,找不到停靠的站点。

望着渐行渐远的村庄,我的眼前不禁模糊起来。

山妹你好

邓耀华

去年"五一",我和旅游局王局长去恩施旅游。在一个山寨里,一伙儿土家族青年男女正在表演节目,我们看到了一个光彩夺目的女孩。

女孩子很漂亮,笑脸盈盈,不高不低,不胖不瘦。身上的土家族服装,光鲜而又别具风格,清晰的线条勾勒出她青春的风采。女孩的歌唱得又甜又美。那时候,女孩正在表演土家情歌《送郎》:

送郎出门到山脚,

手捧茶水送郎喝;

情郎喝了手中水,

天干三年口不渴。

……………

女孩唱得真好啊!

那时候,我突然有一个想法,就对王局长说,这样出色的女孩,放在这山寨里可惜了。

王局长点头称是。

我趁机说:"何不把山妹从这里挖走,到我们市里去?"

王局长说:"我也正有此意!"

于是,我找到女孩,作了自我介绍,又向她介绍了王局长。女孩说她叫山妹。山妹还说:"你们是名人和大官,认识你们很荣幸。"

我直接对山妹说:"山妹,你是人才哩,放在这山里浪费了。跟我们出山,到城市去发展吧。"

山妹犹豫了一会儿,说:"我能行吗?"

我说:"你能行的。到大城市后,肯定大有作为。"

山妹又犹豫了一会儿,说:"这事得跟我父母商量。"

我说:"好,等你跟父母商量好了和我们联系。"

旅游回来上班的第一天,就接到山妹的电话,山妹说:"作家哥哥你好!还记得我是谁吗?"

接到山妹的电话,十分高兴,我说:"你是山妹呀!跟父母商量好了吧?"

山妹说:"还商量什么呀?我都已经来到你们城市了。"

我说:"山妹,你不是在忽悠我吧?"

山妹说:"咋会哩?我真的来了。"

王局长很快就把山妹安排到市内的一个景区。景区很快就向外打了广告。

安顿好山妹,我就外出参加一个笔会去了。

一个月时间的笔会很快结束了。因为惦记着山妹,一回来我就直接去了景区。山妹表演的那个场地,观看的人寥寥无几。我悄悄地问一个游人:"这么漂亮的土家姑娘表演,咋没啥人看呢?"

游人说:"漂亮什么呀?土不拉叽的。"

听了游人的话,我朝山妹再一看,忽然发现,真的不怎么漂亮。山妹身上的土家服装虽然很鲜艳,但咋看都有些土里土气。

我又悄悄地问另一个游人:"土家情歌这么好听,这个姑娘又唱得这么动情,咋没多少人看表演呢?"

这个游人说:"好听什么呀?就像喊山似的,调子也直来直去的,没啥好听的。"

听了这个游人的话,我再一细听山妹的歌,果然就觉得像在喊山一样,调子真的好像是直来直去的。

我惊诧不已,怎么会是这样的呢?

这时,山妹的歌也唱完了。山妹可能早发现我来了,唱完歌就朝我跑过来。山妹眼里好像含着泪花,说:"作家哥哥,人家等你等得都快要发疯了。"

我笑着说:"有这么严重吗?"

山妹笑了笑。

我问山妹:"在这里还习惯吗? 看表演的人还多吗?"

山妹低了头,没吭声。

我一切都明白了,没再说什么,就引山妹去了茶馆。我提议山妹到演艺广场去试试,那里可能会有更好的发展机会。

我联系了演艺广场的老板,第二天就让山妹过去了,晚上就上场演出。当晚,为了给山妹助威,我和王局长一起去了。

我看到山妹上场后很不自在,灯光把山妹刺得眼睛都睁不开了,山妹的身子也摇摇晃晃的。主持人极力渲染气氛,把山妹如此这般夸了又夸后,山妹开始演唱,山妹唱的还是那首土家情歌《送郎》……

山妹才唱了一段,下边就有人朝台上抛饮料瓶子什么的,还高声嚷道:"滚下去,我们不听这酸不溜丢的山歌子……"

山妹捂着脸,哭着跑下台去。

第三天,山妹与我们不辞而别。我很内疚,是我极力建议山妹来城里发展的,没想到,却是如此结局。

今年夏天,几个朋友约我去恩施旅游,说恩施又开发了一些新景点。故地重游,既亲切又新鲜。然而,让我意料不到的是,竟然在恩施又遇到了山妹。山妹还是在原来的山寨表演土家风情节目,为游人助兴。

无论怎么看,山妹都长得很漂亮,笑脸盈盈,不高不低,不胖不瘦。身上的土家族服装,光鲜而又别具风格,清晰的线条勾勒出她青春的风采。山妹的歌唱得又甜又美。我和游人们都狂热地拍手高叫道:"唱得好!"

山妹唱了一首又一首,我们听得如痴如醉。末了,我不禁赞叹道,山妹

真是好样的!

　　离开景区时,我有点依依不舍。最后,只好在心里对山妹深深地道一声问候:"山妹你好!"

回　家

❧ 杨光洲 ❧

傍晚在车站接到二爷，我没敢把他往我住处领，而是直接带他上了饭店。二丫，也就是我的老婆，已经在饭店等俺爷儿俩了。

一见面，二爷使劲朝我脸上瞧，瞧罢，又说："孬旦，你瘦了，黑了，人精神了！"一会儿又冷不丁地问："你进了城，咋比在咱乡下还黑哩？你在城里到底是干啥哩？"

干啥哩？我心想，要好意思让你知道我是干啥哩，不早把你领到我的住处了吗？

在饭店包厢坐定，二爷看着一桌子菜嗔怪道："孬旦，二爷就是想你，快两年没见着你了，来瞧瞧你，你恁破费干啥？"

我和二丫轮番劝酒，可二爷每次都不喝干，我知道二爷心里有事不踏实，就干脆把他心里的疑惑给解开："二爷，您都快七十了，就别操俺们的心了。我在建筑工地管料，二丫做基础美容，生活过得去。"其实，我是在工地扛水泥的；只要不下雨，二丫一准在马路边擦皮鞋。

二爷把端到嘴边的酒盅放下了："真过得去？每月能挣多少钱？"

"我每月三千左右，二丫也在两千上下。"

"中！这收入比在家强！"二爷愣了一下，一仰脖，一盅酒彻底灌下去了。

接下来，二爷喝酒就不用劝了。一瓶老白干，俺爷儿俩喝得一滴没剩。

我和二丫把二爷扶到了旅馆。五十块钱一夜的房间竟让二爷激动得哭了:"恁软和的床,恁白的床单,还有电视!"他一转身又指着卫生间:"屋里还有茅房!孬旦,你混得不赖啊,有出息!"

喷着酒气,二爷把心里话倒了出来:"二爷这次来,是想让你回咱村的。可你混得恁好,我这话说不出口呀……"

"二爷!咱爷儿俩咋说都中!你说吧!"

"孬旦呀,你不知道哇,咱村现在空了。原来上千口人,现在剩下不到二百人了。像你这样的壮劳力都出来打工了。剩下的人是老的老,小的小,没人主事呀!"

"俺这些在外打工的人不是都往家寄钱吗?村里生活总不会比过去还差吧?"

"光有钱有啥用?我说的是没人主事!"二爷红着眼睛吼道,"你三婶去年冬天死在床上三天都没人知道。她仨孩儿都到广东打工了。要不是你大娘去她家找鸡发现了,尸首还不得臭到床上!"

"三婶呀!呜……"二丫扯着嗓门就哭了。二丫是孤儿,吃过三婶的奶。

"说过老的再给你说说小的。像你们的孩子十四五岁的好办,能到乡里上初中。可七八岁、十来岁的咋办?二丫这村里最后一位代课老师一走,村小学就彻底关门了。孩子们整天跟着爷爷奶奶瞎混,不识字,快成睁眼瞎了!"

"现在哪个村不都是这样吗?"我没话可说,只好用这句话劝二爷。

"不!不都是这样!跟咱村隔一道沟的岽崾村就不是这样。前年,他们在深圳打工的村支书回来了,先把村里在外打工的党员召回来了七八个,这就吸引了更多在外的后生们回来了。他们党员带领大伙在山坡上种花椒,成立合作社,收各家各户的山货统一往外卖,收入不比在外打工差。村里的事安排得井井有条。人家有党员领头啊!"

"那是岽崾村的支书有能耐!我不如他!"我没好气地说。没想到二爷会对我说出这种话,我是村支书啊!

"孬旦,说话得凭良心啊! 你咋不如他? 你上过高中,比他有文化,比他有能力! 二爷当年为啥培养你入党? 二爷不当村支书了为啥又举荐你来当? 二爷知道你有良心有本事! 你在城里过好日子,二爷高兴! 二爷做梦都盼着你们年轻党员回村! 全村二十个党员,现在留在村里的就我一个。我一个个地打电话催你们缴党费,你们忙,回不来。只要你们不说不缴,我都替你们垫着! 你们会回来的。村里离不了党员。土改那年,要不是党员带头牵走了地主二阎王家的牲口,谁敢分他的浮财? 大包干那年,要不是党员认下自己的责任田,谁敢分大队的地? 真遇到大事,村里离不了党员!"

安顿好二爷,我和二丫走回我们的住处——一个集装箱改成的小铁屋。一路上,俺俩谁也没说话。一进门,我就把自己撂倒在床上。床板"嘎吱"叫了一声迎接我。这床是我从旧货摊上淘来的,特别通人性,只要床上一有动静,它就叫。

"我明天上午到工地跟老板把工辞了。我得跟二爷回家!"刚睡下,我就对二丫说。

"为啥呀?"

"村里不能没人管事,村里不能没有党员。我是支书!"不知咋的,这几句话我是吼出来的。

"嘎吱!"二丫转过身,给了我个后脊梁。我知道,她这是不同意我回去。看来今晚不可能跟她亲热了,我踏实地睡了。

可后半夜,"嘎吱"一声,她转过了身,面对着我了。我一激动,床"嘎吱嘎吱"唱了起来……

早上我睁开眼,发现二丫已经在整理行李了。"你同意跟我回村了?"

"嫁鸡随鸡,嫁狗随狗。谁让我嫁了个党员、支书哩?"她瞪了我一眼,又埋头整行李,"再说了,我还是个预备党员呢,不回村里给大伙做点事,咋转正式党员哩?"

她一抬头,冲着我笑了……

父子约

韦 名

猛一听到父亲去世的消息,浩子居然十分平静,一点也不悲伤,就像春节期间家里摆放的蝴蝶兰,花开久了,谢就谢了。

收拾好行李,交代好公司事务,浩子开车回乡下。

浩子的家在一个山窝里,紧挨着一座没落古城,地狭人多。村人自古面朝黄土背朝天,过得艰辛。父亲读过几年书,在村里算是文化人,却也一辈子窝在农村侍弄土坷垃。

车子在宽阔的马路上奔跑,头上蓝天白云,两边青山绿水,浩子开动脑筋,想在豁达的心胸里极力搜索父亲留给自己的一丝丝柔情,早已谢顶的油光脑袋涌出的却全是一幕幕辛酸……

小学三年级升四年级,学校按成绩编快慢班。成绩中等的浩子被编在了慢班。校长放话,如果浩子的家长愿意来学校当面表态,家校配合,共同督促浩子尽快提高成绩,可以让浩子到快班。浩子是多么想到快班啊!战战兢兢地把校长的意思转告父亲,得到的却是父亲冷飕飕硬邦邦的一句:"自己的事自己解决,我不会去学校求情!"就这样,浩子一直在慢班中当壮丁。

快慢班事件后,父亲交代母亲:凡事要浩子自理!

也就从那以后,浩子自己洗衣服、补衣服,自己上街买大白纸回来切成练习本。

一次,浩子的绒裤脱了线,浩子自个儿在光线暗淡的屋子里缝补。绒裤原本很厚,双层叠起来更厚。浩子拿着针怎么也穿不透裤子,便将针顶在大腿上,隔着自己厚厚的衣服压顶。压了几次,针没穿过去,倒是在他的腿上留下几个血印,疼得浩子直流泪……瘦小的浩子急了,把针对着墙壁顶,"嘣"的一声针断了,断开的针一头扎进了浩子的大拇指,鲜血直流……母亲发现了,接过浩子的裤子,泪花在眼眶里闪。

"浩子不会自己补衣服啊?!"不知什么时候,父亲回来了,浩子和母亲温馨的光景像影子一样一闪就不见了。浩子委屈地接过母亲补了一半的裤子,含着泪回自己房间继续补。

那一刻,浩子对冷酷的父亲只有怨恨。

的确,打从记事起,浩子就没在父亲脸上读到过温情。从小到大,父亲在浩子心里没有温度,就像家里的铁门,出去关门,回来开门,门把手永远冰冷。

倔强的浩子凭着"凡事靠自己"的信念和比别人多付出几倍的努力,考上了县里最好的中学,又以优异成绩考上名牌大学……山窝里飞出金凤凰,兴奋了一村人,冷酷的父亲脸上却一点喜庆也没有,好像考上大学的人与他不相干。浩子只好一个人默默收拾行李。临出门头一晚,父亲冷冷地把浩子叫进房间,严肃地说:"浩子,你读大学了,长大了。我想和你签份合约……"浩子不记得怎么和父亲签的合约,永远记得的是当时自己怎么强忍着不让挂在眼角的眼泪掉下来……

浩子带着那纸合约走进大学校门。看着同学的父母从遥远的新疆、东北送他们来花城上学,看着同学的父母在宿舍里挂蚊帐、铺被子忙碌的身影,浩子的眼睛潮湿了……

在学校里,浩子每天早早为教工送牛奶,每月挣二十元生活费。那天,送完牛奶回来,浩子肚子一阵一阵地痛。强忍着疼痛,浩子去上课。第二节课时,浩子肚子痛得晕了过去……醒来时,浩子发现自己躺在了医院里——

浩子得了急性阑尾炎,需要做手术……同学们告诉浩子,已朝他家发了两次电报了,可已是第三天了,还没见家人回音……直到做完手术出院,浩子的家人也没在学校露面……

汽车远离了喧嚣的都市,浩子摇下了车窗,凉风拂面,浩子感觉脸上湿湿的,一摸,竟是泪!

刚毕业时,浩子在一家公司跑业务。那时,浩子每月定时给父亲寄五十元,父亲也每月来信。信几乎千篇一律,平淡无奇。后来,浩子自己开了公司。公司越做越大,生意越来越红火,有一段时间,浩子一忙,连着三个月忘了给父亲寄钱。

父亲来信了——

浩儿:

八年前签的合约记否? 现重申:

1. 乙自考入大学起,宣告成人,诸事自理。

2. 甲赞助乙大学期间学费生活费两千元,分四次付,每次五百元。

3. 乙毕业后,每月付甲赡养费五十元。

…………

父已履约,望你履约!

父字

信的最后那加粗了的大大感叹号使浩子又气又笑。浩子马上叫秘书到邮局,把一年的六百元一次寄给父亲。

没隔多久,浩子收到父亲来信,浩子似乎看到了父亲的愤怒:"上次提合约,难道还要不断提? 多付的钱已退回,查收!"

娘托人捎来了信,告诉浩子,父亲病故了。

汽车开进了坑坑洼洼的乡间小道,家就在不远的前面。

办完了父亲的丧事,浩子想接母亲到城里一起住,母亲不肯,递给浩子一封信。

浩儿:

凡事自理,活一世,无悔!

子是子,父是父。爱不能多施,不能多索。养之成人,用其养老,适可而止。

望每月继续按约寄五十元给你母亲。

父字

悄悄摸了摸口袋里发黄的"父子合约",浩子突然有心疼的感觉,继而泪流满面。

喊

徐常愉

    层层叠叠的丘陵地像一摞错落的书本，两个男人默默地在书本上画着横道道儿。是父子俩，儿子在前面拉犁，爹在后面扶犁。

    两个人谁也不言语，只听见吭哧吭哧的使劲声和犁铧划破地面的唰唰声。犁了一垄还有下一垄，两个人谁也不肯停下来，好像在跟谁赌气似的。

    吭哧——唰唰——吭哧——唰唰——

    突然，儿子扔了缰绳，发疯似的向山顶冲去，两条腿像上紧了的发条，飞快地运转起来，一刹那就到了山顶。可是，发条还没有松弛下来，儿子双手罩住嘴，冲着远方喊起来："啊——呜——啊——呜——"良久，发条终于完全松弛下来，儿子扑腾瘫坐在地上。

    爹愣怔地瞅着儿子，就一直愣怔着……

    书本上的横道道儿还没有画完，终究还要画下去，可是明显粗糙了许多。

    草草地歇了犁，爹对儿子说："收拾收拾，我带你进城打工去！"

    父子俩来到了省城。爹前几年来过，可儿子是头一回。爹凭着模糊的记忆勉强能说上几个地名，即便如此，已经让儿子佩服得不得了。

    儿子上下前后左右地瞅，瞅来瞅去，儿子发现了一样可怕的东西，那就是人的眼睛，儿子发现，城里人的眼睛里有一种怪怪的东西，很吓人。

于是,儿子的头渐渐地低了下去,低下头去只管干活儿。工地里的活儿不比家里的轻快,可是,他喜欢。

喜欢了,时间就过得快,一眨眼就是一个月。爹从老板手里领到了票子,爹没有领儿子的那一份,爹叫儿子自己去领。于是,儿子头一次触摸到恁多的票子,真舒坦!

晚上,吃了饭,儿子爬上了楼顶,望着满天的星斗,又亮开了嗓子:"啊——呜——啊——呜——"旁边居民楼的一扇窗子打开了,一个脑袋赌气地伸出来:"喂,这么晚了,喊什么!"

儿子根本没听到,继续喊:"啊——呜——啊——呜——"

第二天,几个人围着老板来到工地,见人就打听昨天晚上谁喊了,最后就打听到了儿子身上。儿子正在扛钢筋,老板走过来冲他喊:"嗨,你停一下。"儿子扭过头来瞅了瞅老板,等着下面的话。老板叫他把钢筋放下说话,他有些不情愿地一甩肩把钢筋扔在了地上。钢筋落在地上,激起一团尘土。老板一边用手扇着尘土,一边把他叫到了一旁,问他:"昨天晚上是你喊了?"他寻思了一下,点点头。老板问:"那么晚了,你喊什么?影响人家休息,你懂不懂?"他低下头,不吭声。老板说:"以后不要喊了,你看人家来找我了,还要告我呢!"他仍低着头不吭声。老板拍拍他的肩膀嘱咐道:"以后不要喊了。"他点点头。

可是,他仍喊。

是半个月后的一个阴雨天,爹冲儿子说:"今儿干不了活儿,咱爷儿俩到街上转转。"儿子说:"没意思。"爹说:"咋没意思呢?有意思得很呢!"爹说得眉飞色舞。儿子禁不住诱惑跟爹上了街。

虽说是阴雨天,可街上的人仍不少。特别是那些女孩子,她们好像不怕雨淋,连个伞也懒得打,任凭淅淅沥沥的小雨淋着,幸福的雨滴停留在她们白皙的脖颈上、裸露的后背上、纤弱的细腰间、光滑的小腿上。很快,儿子的眼睛就忙活得累了。爹问:"有意思没?"儿子腼腆地笑,不吭声。

在街上转了半天,可儿子觉得比干一天的活儿还累,晚上早早就躺在了

169

铺上,却睡不着,眼前总是闪现白天那些女孩身上的雨滴。越闪越睡不着,儿子便觉得脑袋昏沉沉地涨起来。终于忍耐不住,儿子冲出了宿舍,冲上了四楼楼顶,然后冲着远方喊起来:"啊——呜——啊——呜——"

附近的居民又去找老板,老板失去了耐心。父子俩被开除了。儿子很沮丧,歪着脑袋瞅了未完工的楼房以及旁边的居民楼很久。爹装出一副无所谓的样子,拉着儿子离开了工地,上了回家的火车。

火车在汽笛的轰鸣声中缓缓启动了。爹看着闷闷不乐的儿子,突然冲着窗外喊起来:"啊——呜——啊——呜——"儿子立刻受到了启发,也冲着窗外喊起来:"啊——呜——啊——呜——"

良久,父子俩终于停了下来,互相望着对方灿烂的笑脸。

三瞎话

纯·芦

三瞎话是个人名,确切地说是王小成的外号。村里人送给他这个美称的时候,总感觉对不住他,因为他的瞎话说得太地道、太专业,也太传奇,仿佛这个外号远不能和他的瞎话成正比。

说瞎话撒谎是要有天赋的。比如说三瞎话吧,他从小就没有人教过他这个,完全是自学成才。村里人从他小时候就看出来了。

夏天的时候,衡水湖边的孩子们都要去割草,父母给的任务,还有学校给的。放麦假半个月,学校让交十斤干草。王小成每天上午和下午都去地里,背上一个圆筐,拿把镰刀。同去的还有村里的几个年龄相仿的伙伴儿。几岁的孩子,贪玩的年龄。

他们来到地里,眼望近处的衡水湖,先是玩个痛快。他们扑到水里,游戏很花哨——捉小鱼、小泥鳅,拔水草,狗刨……玩够了,闹累了,终于想起割草的事情。其他的孩子很用心地割,王小成不会。他总也玩不够。他这里割一把,那里割一把。等到回家的时候,别的孩子背着满满的一筐草,他也是。

他娘看他呼呼带喘地背来这么多的草,又心疼又高兴,一边夸一边帮他往下卸,然后就给他几分钱,再给他炒个鸡蛋。等他娘把草从筐里倒出来的时候,恨得直咬牙,连声骂:"这个小杂种,坑了老娘一个鸡蛋。"闹了半天,王小成割草的时候,用几根小木棍,把筐头支起来,就上面有一层草,筐里是空的。而别人家的孩子,把草都是压了又压,踹了又踹的。

正骂时,王小成回家了。大老远就喊:"娘,娘,你快去啊,队里分豆瓣酱呢!"他娘就不骂了,就拿了一个盆跟着儿子去分酱。

王小成领着他娘来到房东的空地,看到一群年轻后生在挖猪圈。刚下过雨,猪圈里的粪稀得像水。他娘说:"哪里分酱啊?"那群后生一听,笑得岔了气,说:"我们这不是在给你挖吗,嫂子?"王小成的娘这才知道上了当,追上小成就是一脚,说:"你个三瞎话,连亲娘都糊弄。"王小成就很委屈,哭着说:"是他们告诉我的嘛!"

后来人家王小成就长大了,但是伴随他长大的,除了瞎话还是瞎话。

他在一家砖厂上班,管推砖。眼看好多人都在砖厂找了媳妇儿,王小成也动了心。不久,砖厂来了个邻村的小妮儿。他一看这妮儿还不错,干活儿卖力,还知道节俭。王小成就故意地找机会接近人家。

那天,砖厂放电影。王小成瞅准那小妮儿,凑了过去,说:"这个我们都看过,没有意思了,我给你拿点好东西吧。"小妮儿就跟他走,走到砖厂外面,王小成从口袋里拿出几个香蕉,说:"你吃吧,这是我娘送来的。"小妮儿说:"这是啥,能吃吗?"王小成说:"这叫香蕉,可好吃呢。你没见过啊?"小妮儿摇了摇头,说没有。"哦!"王小成说,"那你现在知道了啊,这叫香蕉,是外国进口来的,我们家经常吃。我有个爷爷在外国,短不了给我家用飞机送来。"

小妮儿就瞪大了眼睛,说:"你爷爷那么有钱,你咋还推砖啊?"

王小成说:"我这不是接受劳动人民教育嘛,我那爷爷老让我去外国的砖厂呢,我说外国的砖有啥推头儿? 还得说外国话,麻烦!"

小妮儿一脸崇拜地看着王小成,不多久就做了他的媳妇。

媳妇儿后来也知道王小成爱说瞎话,说听他的话,你南北的耳朵得东西着听,说他十句话有一句真话就不错了。王小成就凭着那一句真话,和媳妇儿过着平平实实的日子。过日子就会生病,王小成就病了,还去了医院。

他感觉肚子老疼，就自己去医院做了个检查。回来后，媳妇儿问他咋样，他说："很好啊，我昨天赶集猪头肉吃多了，撑的。"

那天，王小成倒下了。媳妇儿从床底下翻出了医院的诊断书，胃癌晚期。

媳妇儿连哭带骂："王小成啊王小成，你个三瞎话，你都胃癌了咋还说瞎话啊？你咋不早说啊你？"

王小成苦笑了一下，说："媳妇儿，我说了一辈子瞎话，这回是不敢说真话啊，你要是知道我是癌症，咱得花多少钱？媳妇儿，我不想你和孩子遭罪啊！"

媳妇儿趴在他的身上，哭了个乱七八糟。

回忆是最温暖的东西

许·仙

  我还在机修车间做钳工时，有年冬天也那么阴冷，连日雨夹雪，阴水水的，冻得抽骨头。有天我们抢修到深夜，外面早就下白了，雪都没脚踝了，家在城里的老师傅错过了公交车，大家就在车间值班室里，围着一只煤炉取暖，手捧搪瓷杯，喝苦茶，烧纸烟，侃大山，等天亮。我随意感叹了一句，说现在的冬天比过去阴冷多了。结果大家群起而攻之，他们说全球气候转暖，过去不知要冷多少呢！尤其是那几位老师傅，扳着手指头，从我还没有出世的年代开始报起，一场场大雪地报过来。他们说："过去没有空调，屋里屋外温差很小，走进走出感觉没那么强烈；现在到处都是空调，屋里屋外温差就大了，就觉得特别阴冷，对不对？"说得我只好讨饶。

  坐在我边上的傻大个儿黄虎，一直对着煤炉发呆，忽然饶有兴致地讲起他小时候，大冬天的，穿了双破雨鞋，到外面拆天拆地。他最喜欢去池塘边敲冰块儿，搬到岸上，用芦苇管吹个洞，再用麻皮绳串起来，拎在手上，跑来跑去，那个开心啊。玩到夜都深了，两只手冻得跟僵尸一样，僵得捏都捏不拢，回到家被娘骂。但奶奶最疼他，总是护着他，抓过他的双手，焐到她的围裙下，那个温暖啊。因为奶奶的围裙下永远有只暖暖的铜火囱。碰到火囱的那一刻，都要叫起来了。每年冬天，他都想起他奶奶和她的火囱，对他而言，那是最温暖的东西了。

傻大个儿开了头，钱老板就接茬儿道："我觉得最温暖的东西你们想都想不到的。"钱老板下过乡，参过军，家里开了个店，但他不情愿经商，喜欢做他的工人老大哥。为此，我们戏称他钱老板。下乡时，钱老板还是个小年轻，大冬天没活儿干，待在知青点那个苦闷啊。就偷老乡的鸡，包了泥，烤叫花鸡吃，和人拼酒。那回他喝高了，壮着胆儿去村支书家借自行车，说到镇上有急事。村支书见他红头涨脸的，嗓门儿高，也不敢怠慢，就爽爽快快地借给他了。他跨上自行车就跟奔丧似的，在乡间小道上横冲直撞。其实，他啥鸟事都没有。那会儿自行车在城里都不多见，他就想发泄一下，过骑车瘾。他冲啊冲，骑得浑身暖和，就是两手冻僵了。突然，路上一个凹坑，自行车倒了，他嗖地飞了出去，趴在路边的雪堆上。不久，有老乡赶过来，叫他，拉他，三四个人扛他走，他却双手插在雪堆中，死活不肯走。他说那雪堆里太暖和了。

钱老板问我们："知道为什么吗？"我们七猜八猜，谁也猜不透雪堆怎么会那么暖和。钱老板笑道，那会儿猪粪和猪窠草是乡下的主肥，冬天沤在田边，到第二年春天烂透了，刚好施肥。现在叫有机肥。他当时就摔在这上面，双手伸到正在发酵的猪粪和猪窠草堆里，那个暖和啊。从那以后，他再没有碰到过那么温暖的东西。我问他："比这煤炉还温暖吗？"钱老板很是不屑地道："炉火怎能跟它比呢？炉火灼手，但它不会。它不仅温暖，而且温暖得那么舒服，懂吗？"

"要我说，最温暖的东西就是初冬的太阳了。"大帅哥也开口了。大帅哥是机修车间最有型的男人了，身上的肌肉一块一块的，他练过健美；头发油光锃亮，一根是一根，纹丝不乱。如今上了年纪，我们叫他大帅哥，而不是老帅哥。大帅哥说，前年初冬，他们去江郎山搞活动，第三天上午回来，经过一个哥们儿的老家，大家吵着去瞧瞧，就去了。哥们儿的老家在乡下，家里人也不知道他们会去，赶紧下地割菜。大蒜炒腊肉、霜杀的青菜，还杀了只笨鸡，菜不多，但那个鲜现在想起来还流口水。哥们儿的老爹从地里挖出藏了多年的土烧酒，那酒带劲儿，他平常能喝一斤白酒，那天干了一碗，半斤多一点点，人就快扛不住了。同去的那些家伙，也比他好不了多少，见他家门前的田野上铺满了被遗弃的稻草，就一个个地倒了下去。他们叫"舒服啊"，就跟挺尸似的不动了。起初他以为他们假装的，想骗他入瓮，但后来他也忍不住倒在了稻草上。

不躺不知道，躺下去就不想起来了，那午后的阳光照在身上，那份温暖，那份稻香，那份天高地厚的舒坦，人躺在田野里就跟馒头到了蒸笼里，里里外外都被阳光"蒸"得酥酥的、香香的。大家都睡到自然醒，直到太阳偏西才赶回来。现在他们几个碰到一起，还忘不了提这事。那种被初冬的阳光点燃身心的感觉，是大帅哥无法用语言来表达的，但我能体会到这种感觉。

最后，又轮到我说了，但我没有他们那样的人生经历，说不上来什么是我生命中有过的最温暖的东西。我支吾道："你们说了那么多，其实就是记忆中的一点往事。或许今夜我们几个人围炉而坐，谈论着温暖的话题直到天亮的记忆，便是我今后所能感到的最温暖的东西了。在我看来，奶奶的火囱也好，乡下的猪粪也好，初冬的阳光也好，它们不分贵贱，不分美丑，不分香臭，只要那份温暖抵达过我们的心灵，就是最温暖的东西。所以说，回忆是最温暖的东西，你们说对不对？"

马圈与马圆（二题）

冷清秋

马圈的镜子

马圈想要一面镜子。

三秦米皮店员工的午饭，往往在下午三点以后才吃。那时候，食客渐稀，忙碌大半天的员工也累得筋疲力尽。不管老板秦师傅端上来的是什么饭，大家都狼吞虎咽吃得很香。

马圈却总在这个时候磨蹭着在镜子前看自己。秦师傅就不时地喊他："圈，吃饭了！"过会儿又喊："圈，再不来菜就吃完了！"马圈嘴里"哦哦"应着，身子却趴在洗手池前的玻璃镜前一动不动。等到盘子里的蔬菜下去大半了，马圈才从玻璃镜前踢踏回来，端起自己的饭碗。别人都爱说今天的饭菜咸了淡了，马圈却说："菜里别放辣椒了，瞅我脸上又出痘痘了。"

隔天，菜里的辣椒果然少了。就有声音嚷嚷菜不够味儿。后来，秦师傅专门炒了一大碗青辣椒搁在厨房，谁爱吃朝自己碗里夹。马圈每天说的话还是和大家没关系。马圈说，没镜子胡子都刮不干净。说完，马圈又问："你们谁知道哪里有卖镜子的？我想去买一块。"

马圈说这话时，被刚走出店门的老板秦师傅听到了。他放下饭碗，想靠在树荫下的躺椅上打会儿盹儿。于是，秦师傅就眯着眼睛说："别买了，你想要的话，改天我给你带一块。我家里多，放着也没什么用。"

一个月过去了，两个月过去了。马圈渐渐不再抱什么希望。下班后他开始暗自在周边找寻玻璃店。功夫不负有心人，好事还真让马圈碰上了。一天，马圈转到景华路市场，因为那里修路，整个市场拆迁。马圈转悠到那里时，拆迁已经接近尾声，生锈的卷闸门、碎玻璃、缺胳膊少腿的塑料模特狼藉一地。但马圈还是没费什么劲儿就"买"到一面从墙上拆下来的穿衣镜，足足有一米五高。一个收废品的老爹"卖"给马圈的。他的小三轮被各种物件挤得满满的，再也塞不下那面镜子了。看马圈目光落上去，就问："要不？和新的一样！"马圈问："多少钱？"老爹伸出一个巴掌晃了晃，马圈不信，又问。那老爹说："五块钱，不能再便宜了。"五元钱也就买一碗米皮！简直就不能算钱呢。马圈想着，扛着镜子大步流星地朝租住的小屋走，心里喝了蜜一样甜。

第二天，马圈胡子刮得很干净，还换了干净衣衫，整个人收拾得很利落。一进店门，正在厨房忙活的老板就冲着马圈笑："你要的镜子我给你带来了，看，那就是！"顺着手指望过去，马圈愣了下，要说的话就咽了回去。

吃饭时，马圈和大家一起挤在桌子前抢菜，马圈想起了早上出门前马圆的话。马圆说："你就说要回去相亲，赶紧辞了跟着我去送水！可比你干那活儿赚钱。"

马圆是马圈的哥哥，也在城里打工，但是马圆不屑于干餐饮。马圆有一辆雅马哈摩托车，骑着雅马哈，马圆摸透了城市的大街小巷和住宅小区。马圆说："送水多美，再没比这更好的活儿了。"骑着车子拖着几桶水飞奔在马路上，马圆说，感觉自己在飞，觉得整个城都是自己的！而且扛桶水上楼下楼对膀大腰圆的马圆来说，更是小菜一碟。八月正是用水旺季，店里决定再招一批送水工，马圆就想到了弟弟马圈。

马圆给马圈打电话说："不是说了让你赶紧辞工吗？咋还不过来？"

马圈支吾半晌总算吐出一句囫囵话："算了，我还是不去了。""什么？"马圆生气地说，"来这边工资可是你现在的两倍啊，而且还有提成，现在我每月都拿三千多了……"

闷哼了一会儿，马圈说："那你就好好干吧。"

马圆好奇地问："你们老板给你涨工资了？"

"我们老板送我一面镜子。"马圈说。

"你……猪脑子啊！一面镜子就把你收买了？你来，我送你十面！"马圆在电话里暴跳如雷，不住口地大骂。

可这边，马圈已经挂了电话。

马圆的雅马哈

天黑了，路灯亮了。躺在游园草丛里的马圆一动也不想动。

肚子咕咕咕地叫，路边烤串的香味顺着风蹿过来，肆意地朝马圆鼻孔里钻，可马圆依然没有一点想去吃饭的念头。

马圆十一点多才赶到水店后院。老板都快把他的手机打爆了。看到他来，老板瞪着眼睛很不满："这都几点了电话也不接！你赶紧去富阳小区送桶水，人家催几遍了。"说完，老板又问："你摩托车呢？"

马圆不回答，却抓住老板的手问："借我三千块钱行不行？算预支我这月工资！"老板甩甩胳膊把自己的手抽出来问："丢了？"马圆点头。老板的脸就苦巴起来："我这小本生意你也知道，赚不来钱的。你要是没了车，那我只好再新找个人来顶替你，这么多客户都在等着催着，我歇不来也等不来的。"

马圆垂头丧气地朝外走，走着走着就到了游园附近。游园里的闲人很多，来来往往的，马圆找了个僻静处坐下来，不由想起弟弟马圈的话，后悔自己不该把那辆雅马哈擦得那么干净。"你这样擦太打眼了，很容易被小偷看上的！"看马圆不理，马圈又说，"你这车锁也不挡事儿，人家大钳子一咬就断了。"要不是因为马圈是自己亲弟弟，马圆真怀疑就是马圈把车推走了。可现在，马圆只能在心里骂马圈乌鸦嘴。一大早的，望着扔在地上的车锁，马圆傻了眼，愣了好半晌才想起该给警察报个案。

警察给马圆一张表格，写报案申请，所丢物件，物件价值，购于哪年哪月哪家商场等，又摁指印又签名的。马圆原本字就写不好，加上丢车心里慌乱，十分钟内竟然写错了三张。换第四张的时候，警察就冲着马圆笑："老弟还是省着点啊，不然别人再来报案，没表格就不好处理了。"好不容易填写完，摁上指印，马圆满怀期待地问："我大概什么时候可以见到我的车子?"警察笑："我只能有消息了通知你。什么时候这事我可说不准，要等抓到偷车贼才好说。也许十天半月，也许一年两年都没消息。"马圆听了，一颗心就冷了下来。

"吃货!"躺在草地上的马圆冷不丁吐出这么俩字。

天地良心，马圆说这话真不是冲着路边吃烤串的俩小青年的。可人家不信，也不依，根本不听马圆解释，扑上来就是一顿猛揍。等接到电话的马圈赶过来时，马圆原本肥嘟嘟的一张脸，五颜六色的，看上去更胖了。"你手端着豆腐不是? 就这你还不报警?"马圈训他。马圆不接马圈的话，却仰头问："你干活儿那家还招短工不?"

第二天，马圆站店门口说："我只干三个月，攒够买车的钱就走。"

三个月后马圆说："等过完年再说吧。"

春天来了，马圈问起，马圆说："还是等到送水旺季再说吧。"后来，店里新来一个女孩，马圆再没说过走的事。

接到派出所打过来的电话时马圆蒙了："什么丢车啊?"过后才想起自己丢车的事。马圆拿着派出所开出的条子找到一个大院子去领车。看车子的却不肯放，非要马圆交八十元的看车费，说："存放这么久，要你出八十算是便宜的啦。"

马圆交了钱后就后悔了。这锈迹斑斑的一堆烂铁哪值那么多?

乡村夏夜火辣辣

化·云

俺家米贵外出打工，就是长了见识，给俺带回来一台电脑。只用了三天时间，米贵就教会了俺上网，还给了俺一个 QQ 号，昵称叫家家，里面有一个好友，是俺家米贵，叫多情侠。

网真是个好东西，隔着几百里，天天能和俺家米贵聊天，就像他坐在俺旁边看电视，或是坐在俺对面往嘴里扒饭。唉！就是不能关了灯，枕着他石头一样的粗胳膊说话。

爹好不？好！娘好不？好！你好不？好！

猪胖了点。哦！

地里草薅了。哦！

院子里的南瓜比碗大了，明天摘一个吃。好啊！

新鲜劲儿过了，看着他的头像亮着，却不知道说啥。当时，米贵说是可以省电话费，免得对着电话，好多话说不够，却得挂了。现在，想说啥就说啥，想说多久就说多久，可不知咋啦，没话。

农闲，白天地里没活儿，晚上家里没事儿，俺开始在网上游逛。

米酒她们来喊俺："三缺一了！自从你家上了网，你就很少来搓麻将了。"

俺顾不上，俺正对着电脑学广场舞，扭得有模有样。

米酒她们没走，站着看。看着看着，她们就跟着俺一起对着电脑瞎扭。

来的姐妹越来越多，从屋里扭到院里。左邻右舍扒着墙头看，还有的站在房顶往这边望。望着望着，就又有人加入进来。

人多了，院子里站不下，就拿着录音机到街门上跳。孩子们鸟似的在我们中间飞，老人们远远近近地看，说："这比搓麻将强，能消化饭。""是呢！不伤身体不伤和气，还是个乐子。"

十八个人了。每天晚饭后在俺家街门儿前集合，录音机一放，开跳。

白天走到街上，俺胸脯高高地挺着。她们喊俺教练，还喊俺米老师。

晚上舞得浑身出汗，人散去了，俺冲了个凉，躺在床上睡不着。摸着自己健美的肚皮，想起俺家米贵。

他每天在网上干啥？多情侠的头像一直亮着。这么晚了不睡？想起米酒她们说的网恋网友的话，俺打了个激灵。

俺用个新号加了多情侠。新号俺叫打工妹。

没想到，俺家笨嘴拙舌的米贵，会像城里人似的说那些让人脸红心跳的话。忽然想起他这些话都不是跟俺说的。这个该死的家伙！看俺不咬掉他下巴！

他说他的心受伤了："看你也是个打工的，应该能理解我吧，我憋闷，有些事儿我想说，你想听吗？"当然想听，正是俺想听的。

他说他爱上了一个网友，没忍住，大老远跑去见了。

这个缺德鬼！俺想砸死屏幕上那个看不见脸的家伙，更想知道结果是啥。

"可是，人家见了俺，说乡巴佬叫什么多情侠！扭头就走了，网上也再也不理俺了。"多情侠发了个哭脸。

"傻瓜，"俺长出一口气说，"城市是城里人的城市。"这是一个名作家说的，俺从网上看的。

他说："也是，可能是离家在外太孤单才犯了傻，以后不会再傻了。"他还说："你也是，打工妹，离家在外的，照顾好自己，别轻信网上人说的话。"

米贵的头像黑了，俺睡不着。俺哭的时候，只有窗根儿蛐蛐长一声短一声地陪俺哼哼。

俺不哭了。俺爬起来，到厢房看俺培植的黑木耳。这也是俺从网上学的，正做实验呢，已经快成功了。到时候，俺再也不让俺家米贵出远门，俺还要教给米酒她们，让她们的汉子们都不出远门。

今儿真高兴！

村委会奖励俺们的音响来了。俺们穿上统一服装了，俺们是正儿八经的舞蹈队。服装是俺设计的，是俺这些姐妹们结婚时候陪嫁的纯棉大花被面做的。穿在身上，花团锦簇，配着路边青葱的玉米地、高粱丛，俺们都成了绽放的大丽花。一集合，就掌声不断了，还有小青年吹口哨呢。

俺们得正式给俺村的乡亲们表演一场。在北京打工回来休假的小米说给俺们拍 MV，说要传到网上——土豆网，名儿都想好了，就叫《乡村夏夜火辣辣》。小米说："咱村里的人，比北京人活得轻松，活得快活。"

音响的效果真好！全村都能听见，随着铿锵动感的节拍，俺们舞起来啦！旋转的手帕，像翻飞的蝴蝶，歌声响起："辣妹子辣，辣妹子辣，辣妹子……"

俺们十八个姐妹，是十八朵盛开的花，是村里的大明星。俺是领舞，跳的水平是一流的，身上黏的眼神就格外多啦，心里那个美啊！

忽然恍见一个熟悉的身影，定睛一看，人群中站着俺家米贵，他咋回来啦？大包小裹的，不准备走了？那俩大牛眼，瞪得圆圆的，黏在俺腰身上，火辣辣，快把俺烧着了，傻样儿！就差冲上来抱俺啦。

乡村。这个夏夜，火辣辣。

民工张大力

叶仲健

张大力是个民工。

张大力习惯在上午的十点和下午的三点左右放下手中的活儿,坐下来,歇一歇,抽上一根烟。必须得歇,不歇就没力气干完接下来的活儿,但工作时间只能歇上两次,歇多了也没力气干完接下来的活儿。这是张大力总结出来的经验。

张大力干活儿的时候喜欢哼歌——《纤夫的爱》。这首歌在一九九四年着实火了一把。那年张大力刚跟翠花结婚,这首歌烙在了张大力的脑海里,张口就来。有时候张大力不是哼,是唱,是吼。工友听了,纷纷说:"瞧这张大力!"张大力唱《纤夫的爱》的时候,总是不依不饶地想起翠花,或者说张大力在想起翠花的时候,总是不依不饶地哼起《纤夫的爱》。

张大力想起翠花,自然也想起儿子小虎崽,还想起爹娘。一想到她们,张大力就有使不完的劲儿,歌声就由哼转唱再变吼了。

你也看出来了,张大力是个快乐的民工。没什么不快乐的,工头儿从不拖欠工资,逢年过节还额外发点儿奖金。电视报纸上那些民工罢工跳楼的事件,压根儿不会发生到张大力头上。

当民工没什么不好的,一天赚个百儿八十块,一个月就是两三千。是,挑砖挑沙扛水泥是苦力活儿,但咱张大力有的是力气,能拿得出手的也只有力气。真的不累。

那天，张大力去银行汇款，你猜碰到了谁？秦小宝。这小子，还挺有派头。想想当年……唉，说是女大十八变，这男人要是有了钱，还会七十二变！

秦小宝看见张大力，愣怔了一下，认出来了，拍一下张大力的肩膀："哟，哥们儿，汇款啦？办完了没？找个地方坐坐。"

秦小宝还真不简单，在城里开上了食杂店。秦小宝说了，今天没空，现在只是小聚，明晚再大聚。

张大力还真有点儿期待，第二天早早地收了活儿，洗了个澡，换上一身难得穿上的衣服，赴约了。

人还真不少，陆陆续续，凑齐了一大桌。是在一家叫牡丹大酒楼的酒店吃的。秦小宝是主角。但秦小宝只是埋单的主角，吃饭的主角显然是那个络腮胡。秦小宝指着张大力介绍说："这是我兄弟。"络腮胡敬给张大力一杯酒："小宝的兄弟也是我兄弟，来，喝！"

吃完了，去唱歌。张大力从没到过这种地方唱歌，不敢唱。他们就逼着张大力无论如何也得唱一首。唱了。当然还是《纤夫的爱》。掌声四起。两个女的像蛇一样缠过来。

已经午夜十二点，张大力说要回去。秦小宝说："回什么回，今晚跟着我去休闲中心睡。"张大力问："休闲中心怎么睡？"秦小宝说："边推拿边睡。"推拿就是按摩，张大力懂。在家时，张大力也时常叫翠花给他按上一阵。到了休闲中心，可真不是那么回事，当小姐娇嫩的手按在张大力身上时，张大力简直要飘上天了。

在休闲中心睡得真惬意，也不知道是什么时候睡着的，反正醒来赶到工地时，工友都上工了。

张大力突然觉得累，上午九点多的时候就想歇上一阵。实在挺不住了，就歇了，抽了一根烟，边抽边看天，发觉天是那么高那么蓝。他抽完了一根又抽第二根，一连抽了三根烟，歇了整整二十分钟。十点半的时候，张大力又想歇了，实在忍不住就又歇了二十分钟。

"没意思。真没意思。"张大力不是傻瓜,这几天一直在心里盘算着一件事。张大力在盘算这些的时候,自然没心情哼歌了。工友奇怪了,说:"张大力,这几天干吗不唱了?"张大力哼哼着应付了一句,挑着担,晃着步子上了楼。

这几晚张大力睡不好。天热。张大力就一个人出了棚房,来到工地的八层楼上。这里还有点儿风。

早有人盯上了这块"风水宝地",在角落里吸着烟,烟头在黑夜里一闪一闪。张大力没去理会,找了块相对平整的地方,倒头就睡。

醒来,才知道那人竟是秦小宝。

张大力说:"小宝,你怎么过来了?"

秦小宝支支吾吾地说:"没,没什么事。"

张大力说:"小宝,你骗不过我,到底发生了什么事?"

秦小宝说:"真没什么大事。生意场上的。最近股市不好,被套了,资金盘不活,有人追着我要债。"

张大力说:"你不是还有一间店吗?"

"店?顶多混个吃喝。"

"那你就躲在这儿?"

"要不然躲哪儿?他们要捅我哩。在这儿,出了事,还可以找你壮壮胆。"

"谁这么大胆,敢捅人?"

"你见过。那个络腮胡。"

"你们不是兄弟吗?"

"在生意场上,有些兄弟不是兄弟,有些朋友不是朋友。"

张大力说:"我不懂。"

秦小宝说:"你当然不懂。"说罢就走。刚走两步,又返回来,眯着爬满血丝的双眼说:"先给我十块钱,我……身上没带钱。"

张大力目送着秦小宝下了楼。

一天又开始了。张大力还在想着秦小宝说的话。他不明白秦小宝为什么说有些兄弟不是兄弟,有些朋友不是朋友。张大力想,那自己跟秦小宝算不算兄弟呢? 张大力想来想去,理不出头绪,索性不想了,哼起歌来。依然是《纤夫的爱》。哼着哼着,张大力就想起翠花和小虎崽,还有爹娘。想到他们,张大力又有了使不完的劲儿,担子在他肩上一上一下地跳着舞。

美莲花

珠　晶

以前,总觉得美丽徜徉在花开时节,流动于白领丽人的写字楼里。

走进一个叫"莲花"的菜市,感受生活在底层的人们的质朴情感,却惊异美丽无处不在。

那阵子我忙于写作,满脑子晃荡的都是超现实的东西,所以时常恍恍惚惚,丢三落四,骑摩托车还时不时出点小惊险。为安全起见,就换了线条简单的"日式樱花"单车,近距离活动起来既便捷又健身。诗情画意不可以充饥,要过日子,就得学会料理。莲花菜市在住处斜对面。钻进塑料大棚,我就是一个除了气质有点出众,与庸常家庭主妇没有区别的小女子。买生肉时看着"庖丁"不大方地"解牛",我会开玩笑说:"啊,仿佛在割自己的肉那么痛。""庖丁"笑起来,眼里闪现奇异的光,说:"你真有趣。"时间长了,大家都熟悉了,所以只要我一迈进菜市,他们会面带笑意介绍自己的东西。而我常常是心不在焉。有时选了菜付了钱,心里想着别的,掉头就走。

有一次,一个很瘦的女人就为追我送菜,铺边的一篮土豆被机动车撞翻碾碎,溅得四处都是。我歉疚得不得了,她还笑说没关系。有一天午后,我突然发现单车不见了,就靠在沙发上拍着脑袋想上午都干了些什么,突然想起车子是丢在菜市了,急忙奔下楼。结果,你们以为车子丢失了吧? 错! 一个卖鱼的老头为守这个车子,中午竟然没有回去,就在菜市随便吃了几个包子等了一个中午。当时我看着老人憨实的、如同秋天地里红高粱一样的脸庞，还有他身上的脏衣服，我觉得他那么亲切和温暖。当时我没有想到急忙推车，而是毫不犹豫地在蛋糕房里买了一大包糕点，坚持让他带走。一些生意人开玩笑说，下次也瞄谁丢了车，守在这里等吃蛋糕。

有一次买排骨，我让人剁好后，却发现钱包没带。卖排骨的是个中年男子，写满风霜的脸上挂着善意的笑，说："先拿去没关系。"我犹豫说："还要买别的菜啊，还是先回去拿钱包吧。"想不到他顺手从钱筒里用手指夹起一张五十的说："够吧？"我立马感动了。第二天一大早，我在心里反复背诵"还钱还钱"。事情就有这么凑巧，那个卖排骨的男子不见了。我以为走错了摊位，反复在那里瞅着人脸走来走去。这下轮到旁边的几个"庖丁"开玩笑了。他们说："昨天老江是给了谁五十元钱吧？被老婆看见了，结果打架了。老江头破血流，住院了，所以今天没来。"我怎么都不相信，心里也在回想昨天的情景，结果还是笑着摇了摇头。他们笑够了就说："老江去北京打工了，昨天下午走的。"我就请他们帮忙将钱转给他并捎上谢意。都说伟人是孤独的，他们的精神世界太深邃，他们的超高悟性和天分让他们更侧重于精神层面，所以在现实中往往落落寡合，笨手笨脚，甚至不合时宜。我常恐惧于一些生活的小细节，很简单的事情都会弄得不伦不类。为此还写了一首诗为自己辩解，名为《眷念一种形式》："你反复说／一个玻璃屋里的女子／亮出与纸张有关的一些想象／去买一些欢笑／在咖啡屋和缭香的茶馆／有价值的纸／不体现对生命的唯美形式／实现欲念／与流俗无关／游离生活之上／一些些真实／与月光／月亮之上／风和落叶声声／止水一样……"虽不是伟人，因为做不好做不来，也就权当离伟人不远了。走出菜市，我在自嘲的同时还有另一番感慨：这些风餐露宿讨生活的人，他们没有抱怨生活的艰辛，从从容容承受生活的疲惫和等待收获的喜悦。用这么好的心态对待人和事物。是啊，他们撞击了我自以为优越、高贵而不现实的心理防线，而让我在阳光正好的时候，读出他们脸上洋溢的人间温情。

当然，这个叫"莲花"的菜市里，还有更让人震撼的故事。这些顶严寒冒

酷暑为活着奔碌的人,他们居然还共同抚养一个在菜市里流浪的孩子。他们真正感动了我教育了我,而让我融入其中,为这个孩子在公安网发帖寻找家人,让民政局送来衣被并牵动媒体,让一个城市的爱如潮水般向孩子浸润开来。所以,当这个普通的菜市惊动了政府,被誉为"和谐美满示范菜市",这里生活的人被评为"荣誉市民"时,我坚信日复一日琐碎的生活,因为绽放的笑脸和点燃的激情而生动和快乐。

给点掌声

梁 刚

这天晌午,余经理通知工地的牛头儿,说晚上甲方单位要来工地进行慰问演出。牛头儿听了就撇嘴:"搞什么虚的? 大热天的,送点饮料过来才好。"那一刻,太阳正毒,工地上的温度超过了五十摄氏度,如果往铲车、吊机的铁壳子上浇点水,就会"吱"一声冒出一溜儿青烟。

季往和凯来这时正好路过牛头儿的工具房,听到余经理的通知就嘀咕了一句:"还是睡觉好,累死了,明天还要加班呢。"余经理接过话茬说:"明天不用加班。今晚看演出,明天放假一天! 而且今晚演出由周晓波和雷鸣主持。"

"哇!"季往和凯来不约而同欢呼起来。周晓波和雷鸣是他俩的偶像,季往是安徽人,周晓波祖籍也是安徽,故季往开口闭口都是"波波";凯来是江苏人,雷鸣的祖籍则正好是江苏,凯来自然"鸣哥鸣哥"叫个不停。

由"波波"和"鸣哥"主持慰问演出的消息,很快传遍了工地,工地的气氛顿时变得更烫。

白天的高烧还未退去,夕阳仍在发着余威,但工友们已早早地汇聚到工地广场上。季往和凯来嘴里啃着馒头,头上还挂着汗,后背和汗衫还湿湿地粘着一大块。但他们抢占了第一排的有利位置——这天规定不给领导留位置,民工是老大,是主角。所以季往看到陆续到来的工友便有些得意。

"哎!"他喊,"我今天一定要跟'波波'握握手。"凯来不甘落后,也叫道:"我要和'鸣哥'拥抱一下!"

"嘚瑟!"工友无不忌妒地嘀咕了一句。

演出就这样毫无悬念地开始了。"波波"上台的时候就说:"在座的大部分工友来自安徽和江苏,我是安徽人,也是个移民。来,安徽的朋友鼓掌啊,给点面子呀!"

季往顿时兴奋起来,他站起来冲着背后的工友猛拍巴掌。"哗……"掌声立即响成一片。

"鸣哥"这时按捺不住了,打断说:"我是江苏人,请江苏的朋友给点力!"他边说边不断往上抬手:"给力呀,给力呀!"

凯来哪肯落后,索性站到长凳上,给他鼓掌。掌声旋即雷鸣般滚动:"哗哗……"

季往马上冲上来用手压住说:"安徽的朋友们,掌声不够呀,再响点,再响点,别以为我是让你们为我鼓掌,不!这掌声是给你们自己的,只有你们才有资格接受这掌声,因为是你们用汗水凝聚了这座城市的大厦,是你们的双手,撑起了城市的希望和明天!"

"哗哗……"掌声再次雷鸣般响起,季往突然感到眼睛一热,泪水不由自主地夺眶而出。

"鸣哥"抢过话筒喊道:"江苏的朋友怎么声音小了?使劲,使劲呀!那掌声首先是给你们父母的,为了城市的建设,你们远离家乡,这功劳簿上有你们的一半,也有他们的一半!"

江苏人少,掌声压不过安徽人,一些人干脆用手拍打长凳,他们想用更响的声音来表达一种情愫。

凯来突然蹲下身子,他怕哭声惊动邻座的工友……

这晚的演出很给力,民工们都很兴奋,他们彻夜都在讨论"波波"和"鸣哥"。他们发表着对某个演员的评价,一些人放肆地议论着某个女演员的长相,有人甚至轻叹:"都有两个月没见到女人了!"然后,他们非常甜蜜地进入了梦乡。

第二天一早，工友们陆续到工地加班。余经理见到季往和凯来非常诧异地问："你们昨天不是说要睡觉吗?"

季往一笑，没吱声。凯来则学着他的声音说："空港枢纽建设是本市头号工程，要抢时间、抢进度，要保质保量完成!"

余经理拉着牛头儿问："今天他们都吃兴奋剂啦?"

"他们啥都没吃，只是得到了两个字。"牛头儿非常神秘地回道。

"哪两个字?"余经理瞪大眼睛问。

"尊重!"牛头儿轻轻地答道。

老家有多远

欧阳明

刚爬上山顶,电话就响了。凡夫以为是老总,慌忙抓出手机,顾不上看号码,气喘吁吁地说:"老总好!"

娟子听到声音,眼耳即刻飞了过来,急切地问:"他来了?"

娟子年轻漂亮,男人见了都会心动。但凡夫看不起她,她和又老又丑的老总搅到一起,贪图的是钱财!

凡夫不愿意陪娟子,但却不得不来。"五一"假期,他答应过要回老家看母亲的。好几年了,凡夫忙于各种应酬,都没回去过。陪娟子的本该是老总。可老总老婆要老总一起回老家。昨天,老总交代说:"你先陪娟子去名山,我一天后就赶过来。"凡夫有些犹豫,但一想到老总说过年内要提他当副总,就佯装爽快地答应了。

电话是母亲打来的。

"到哪里啦?"母亲问。

"在出差。"凡夫说。

"回不来就算了。少喝点酒。"母亲说完,挂了电话。

凡夫仿佛又看见母亲冒着寒风在村口盼望的身影。父亲中年早逝,是母亲起早贪黑、省吃俭用把他拉扯成人的。想到这些,凡夫心里不禁一酸,沉重地叹了口气。

娟子听见不是老总,脚狠狠一跺,就顾自向前走去。凡夫见状,立即挂了电话,快步撵了上去。

"别气,他在开紧急会议。"凡夫劝娟子。

"哼!鬼的会议,陪他老婆!"娟子没好气地说。

凡夫知道男女间的事外人不好掺和,就没再劝,只默默地跟在娟子后面。

爬山回来,老总为娟子安排好饭局,笑又回到了娟子的脸上,凡夫如释重负。一路上,他都在担心,要是娟子和老总闹出什么不愉快,自己当副总的事也就黄了。

凡夫向老总请了假,说想回去看母亲。这次,老总很爽快地答应了。出发前,凡夫给母亲打了电话。

回家的路不远,五十多里地,但路常年失修,凹凸不平,颠簸了两个多小时,才看见村子。远远地,凡夫就看到母亲单薄的身影和光秃的树一起立在村口。凡夫的眼睛突然潮湿起来。

"回来啦?"母亲问,声音很大,怕凡夫听不见似的。

"嗯!"凡夫点了点头,小心地搀扶着母亲。

饭菜早就备好了。母亲给他倒了一大杯酒。

"不怕我喝坏了?"凡夫说。

"这是在家里。少喝点,不碍事。"母亲说。

"好!"凡夫喝了一大口,感觉比啥时都舒畅。

"吃菜。"没等凡夫放下杯子,母亲就把菜夹到了他的碗里。

"我自己来。你吃吧。"凡夫说着,也给母亲碗里夹了菜。

凡夫刚要问母亲身体怎么样时,手机响了起来。一看,是娟子。

"在哪里?"娟子问。

"老家。"凡夫强忍着心里的怒气。

"老总说打牌,三缺一,叫你马上回来。"

在城里混不容易。多年来,凡夫对老总唯命是从,才混到现在这个样

子。他不想前功尽弃,也突然理解了娟子,就说:"好的。"说完,两眼望着母亲,一脸的无奈。

"有事就回吧。"母亲看出了他的心思。

"妈,有事就打电话,我得空再回来。"凡夫说。

"记住,少喝点酒,身体是自己的!"母亲说,眼圈红红的,脸上不知什么时候有了几颗泪滴。

凡夫感到心里突然竖起了一面墙,堵得心慌。母亲一直把凡夫送到村口。她单薄的身影,立在那棵树下,随着小车的渐渐远去,变得越来越小,直到最后消失。

老家愈来愈远,望着道路两旁杂草丛生的庄稼地,凡夫感到说不出的难过,心里一片荒凉。